THEBEN
MARATHON
ATTIKA
MEGARIS
ATHEN
GRIECHENLAND
IN DER ANTIKE

THYMIOS

Lisa Schneider

THYMIOS

Das Herz des Kriegers

Riverfield

1. Auflage 2015

www.riverfield-verlag.ch

Umschlaggestaltung
Hauptmann & Kompanie Werbeagentur, Zürich
Illustrationen
Jan Reiser, München
Lektorat
Erik Kinting, Hamburg
Korrektorat
Susanne Dieminger, Friedberg/Bayern

Druck und Bindung
CPi Ebner & Spiegel, Ulm
Printed in Germany

ISBN 978-3-9524463-1-7

Für meinen Vater, der mich mit seinem warmen Lächeln verzaubert, meine Mutter, die mir den Glauben an etwas schenkte, meine Geschwister Jessica und Fabio, die immer für mich da sind, und für meine beste Freundin Giulia, die mich Tag für Tag zum Lachen bringt.

Prolog

Lasst mich euch eine Geschichte erzählen.

Es begann alles in einem Land der Antike, in Griechenland. Man schrieb das Jahr 553 vor Christus und es begann, wie auch jede andere Legende beginnt: mit einem Versprechen; einem Versprechen der Brüderschaft, der Gerechtigkeit – einem Versprechen der Freiheit.

Dieses Versprechen gaben sich zwei junge Brüder: Helikios und Fridos. Ihre Mutter starb schon bei der Geburt, ihr Vater trat kurz vor ihrer Mannwerdung die Reise ins Jenseits an, sodass die Brüder mit ihren nun 18 Jahren allein waren.

Das Leben, welches sie in Athen als reiche Bauern führten, gefiel ihnen nicht mehr, da der Verstand des Herrschers, wie auch bei so vielen anderen, vergiftet war. – Vergiftet durch Gier und Ruhm, durch immer mehr … mehr Geld, mehr Macht und mehr Herrschaft, nach denen es ihn gelüstete.

Die Brüder, welche dem Herrscher sehr nahestanden, versuchten, ihn mit guten Worten zur Vernunft zu bringen, doch der Herrscher ließ sich nicht umstimmen. Er wollte Sklaven – viele Sklaven, und noch mehr Ländereien. So wandten sich Helikios und Fridos, die unzertrennlich waren, traurig vom Herrscher ab, dessen Gier auf seinen Sohn abzufärben drohte.

Sie verließen Athen und zogen in die weite Landschaft Arkadiens. Dort errichteten sie, nicht weit von Argos, ein eigenes Dorf.

Viele hörten von diesem Dorf, welches die Brüder *Heldos* nannten, eine Mischung aus Helikios und Fridos, und nahmen den gefährlichen Weg auf sich, um lieber dort zu leben. So wurde Heldos bald zu einem Hort für Flüchtlinge aus Athen und wuchs zu einer Stadt heran. Es wurden zur Finanzierung der öffentlichen Aufgaben zwar Abgaben erhoben, wie andernorts auch, aber in sehr bescheidenem Maße, denn die Brüder wirtschafteten gut.

Helikios und Fridos schienen sich nie im Leben trennen zu wollen, verbundenere Menschen waren kaum vorstellbar, doch auch diese Zeit ging vorbei, denn, wie es oft geschieht, begann sich Helikios' Seele zu vergiften und nach und nach zu verdunkeln. Dieses Gift der Gier breitete sich langsam, aber sicher in seinem ganzen Körper aus und auch sein Verstand kannte nur noch einen Gedanken: Er wollte mehr … mehr … von allen Dingen immer mehr.

So brütete er Nacht für Nacht wie besessen einen Plan

ΦΡΗΔΩΣ
ΕΛΗΚΗΩΣ

aus, der ihn und Fridos zu den mächtigsten Herrschern ganz Griechenlands machen sollte. Helikios wollte in seiner Gier die Abgaben der Bevölkerung erhöhen, mit dem Hintergedanken, einige von ihnen – oder alle – zu versklaven, wenn sie mit den Abgaben in Verzug gerieten. Sie sollten ihm gehorchen. Er und auch sein Bruder Fridos, den er wie sich selbst liebte, sollten zu Gottkönigen werden!

Nur einige wenige getreue und loyale Gefolgsleute, die diesen Plan voll unterstützten, sollten mit ihm und Fridos über das zur Stadt herangewachsene Heldos herrschen.

Eines Tages ging er also mit stolz erhobenem Haupt zu Fridos und erzählte ihm von seinem Plan. Doch anstatt der erwarteten Begeisterung zeigte Fridos kein Verständnis und schüttelte nur den Kopf, denn sein Herz war voller Güte und Gerechtigkeit, nicht voller Hass und Gier, wie das seines Bruders. Erschrocken über Helikios' Vorhaben, verweigerte Fridos seine Unterstützung.

Helikios' Herz verdunkelte sich. Sein Blut, das auch in seines Bruders Adern floss, geriet in Wallung, und er wurde so zornig, dass sein Gesicht dunkelrot anlief. Mit erhobenem Finger trat er vor seinen Bruder und drohte ihm, Fridos würde schon noch erfahren, was es bedeutete, dem Herrscher nicht zu gehorchen!

Mit finsterer Miene wandte sich Helikios von seinem Bruder ab und schwor sich Rache zu nehmen für dessen Verrat.

Helikios ließ seine treuesten Mitstreiter nach Sparta reisen, um die dortige Bevölkerung als Anhänger zu gewinnen. Schon nach fünf Tagen kamen seine zwei Unterhändler erfolgreich zurück. Aber das konnte Helikios nicht freudig stimmen, denn der Zorn auf seinen Bruder war so groß, dass nichts anderes mehr sein Herz erreichte. So stand er schließlich des Nachts vor dem Bett seines Bruders und das Einzige, was er noch wahrnahm, war das vor Wut rauschende Blut in seinen Ohren. Er nahm den Dolch, den er einst von ihrem gemeinsamen Vater als Geschenk erhalten hatte, und stieß ihn seinem Bruder bis zum Heft in die Brust.

Als er den Dolch aus dem schweigenden Herzen seines Bruders herauszog, glänzte dieser dunkelrot. Dieses Blut aus Fridos' gütigem Herzen klebte nun für alle Zeiten an dem Dolch und die Legende besagt, dass nur das reine Blut eines gütigen Menschen in der Lage sei, das Böse zu töten.

Helikios glaubte diesen Legenden nicht, aber mit dem Mord an seinem Bruder hatte er einen großen Fehler begangen, denn als die Athener von Fridos' Tod erfuhren, griffen sie zu ihren Schwertern und stellten sich gegen die mit Helikos verbündeten Spartaner. So wurden die Athener zu Verbündeten der *Fridianer* und die Spartaner zu den Verbündeten der *Helikier* und beide Seiten zogen gegeneinander in die Schlacht.

Nach der Schlacht der beiden Heere, die über tausend

Männern das Leben kostete und keinen Sieger hervorbrachte, weil beide Seiten gleich stark waren, vereinbarten die Heerführer, den Kampf zu beenden und eine andere Lösung zu finden.

So kam es, dass man die Stadt Heldos durch eine hohe Mauer in zwei Hälften teilte: Die eine wurde fortan *Helikios* und die andere *Fridos* genannt.

Viele Jahrzehnte später wurde ein Bauernjunge geboren.

Dies ist die Geschichte dieses sanftmütigen Jungen, dessen Augen so strahlend blau waren, dass man meinte, direkt in den Himmel zu schauen.

Es ist die Geschichte eines Bauernjungen, der seine Eltern über alles liebte, der folgsam und zugleich wissbegierig war.

Es ist die Geschichte eines Jungen, der so sanft und voller Güte war, dass seinen Eltern das Herz vor Stolz und Freude überquoll.

Aber es ist auch die Geschichte eines Mädchens …

Der Junge und das Mädchen kannten sich, seit sie noch ganz jung waren, und sahen sich tagein, tagaus. Sie wurden langsam größer und älter. Je älter die beiden wurden, desto mehr begannen sie, mehr als nur Freundschaft füreinander zu empfinden.

Ich will euch nicht erzählen, was ihr alle schon wisst, denn die Geschichte des Bauernjungen mit dem gütigen Herzen und dem wunderschönen Bauernmädchen, jene beiden, die sich von Kindesbeinen an liebten, kennt ein jedes Kind in Griechenland. Doch lasst mich euch etwas sagen: Diese Geschichte, die ihr kennt … ist falsch!

Ja, ihr habt richtig gehört!

Lasst mich euch also die einzig *wahre Geschichte* von diesem Bauernjungen erzählen, dessen Liebe zu einem Bauernmädchen ihn zwang, etwas anderes als bloß Güte in sein Herz zu lassen. Es ist die Geschichte vom Thymios, dessen Herz das eines Kriegers wurde!

Thymios war, wie jeder in seiner Familie, ein Bauer. – Ein armer Bauer und doch so reich: reich an Gefühlen, Neugier, Mut und Hoffnung.

Sein Großvater, der den Namen *Daidalos* trug, war in Athen geboren und als Bauer großgezogen worden; auch er war voller Neugier und Erfindungsgeist, Klugheit und Anstand. *Ein typischer Politiker*, nannte man ihn immer in Athen, und doch war er nur ein armer Bauer, der es nie zu einem großen Denker und Dichter, nicht einmal zum Politiker bringen würde. Aber das war ihm egal und er arbeitete schon in jungen Jahren jeden Tag so hart auf dem Feld, dass er sich eine Schule leisten konnte. Dort hörte er nach der Arbeit den Vorlesungen großer Denker und Dichter zu und manchmal gelang es ihm sogar, einen Politiker zu sprechen, doch dies war eher selten.

Doch als der Krieg über Heldos kam und der athenische Herrscher Aristodemus ihn zu versklaven drohte, fällte Daidalos eine Entscheidung: Mit seinen erst 15 Jahren nahm er ein Schwert in die Hand und flüchtete nach

Heldos. Viele Tage kämpfte er an der Seite der Fridianer und überlebte, den Göttern sei Dank. Die kleine Stadt teilte sich und Daidalos baute sich mit den Fridianern ein neues Zuhause auf. Bald lernte er auch eine Frau kennen, die nach einigen Jahren ein Kind von Daidalos erwartete. Er beschloss jedoch, vor der Geburt des Kindes noch mit seiner Frau nach Messene zu gehen, aus Sorge, der Krieg würde zurückkehren. Sein Kind sollte nie erfahren, was Krieg bedeutet, es sollte nie das Geräusch einer Klinge hören und nie das Gefühl des Tötens erfahren müssen, so wie es Daidalos geschehen war. Nein, sein Kind sollte ein Politiker werden, genau wie er es einst sein wollte.

Und nach wenigen Monaten gebar seine Frau in Messene einen Sohn, das Ebenbild des Vaters, dem er den Namen *Anatolios* gab. Er war klug und anständig, tüchtig und neugierig, und, so wie sein Vater, ein Politiker. Auch er besuchte eine Schule und lernte ordentlich. Nie musste er sich etwas erkämpfen, nie musste er eine Klinge zischen hören und nie spürte er das Verlangen, eine Klinge in den Händen zu halten.

Anatolios wurde in Messene groß und fand dort eine athenische Frau, die ebenfalls vor vielen Jahren geflüchtet war.

Und mit 26 Jahren hielt dann auch er einen Sohn in den Händen, den er in Messene aufzog – Thymios. Auch Thymios war klug, respektvoll und anständig, aber ebenso sehr wild und neugierig, mutig und frei. Dies ließ Anatolios den Beschluss fassen, mit Frau und Kind nach

Fridos zurückzuziehen, wo sich der Krieg endgültig gelegt hatte, denn auch ihn hatte die Neugier gepackt. Er wollte wissen, wie Fridos aussah, wo sein Ursprung lag.

Als Thymios neun Jahre alt war, zogen sie nach Fridos und bauten sich dort ein neues Leben auf, knapp 60 Jahre nach dem Krieg.

18 Jahre zuvor war der Enkel des verstorbenen Aristodemus an die Macht gekommen und zum Herrscher über Athen geworden. Wegen ihm wird diese Geschichte bald eine Wendung nehmen …

1

»Sohn, so komm doch, der Tisch für das Morgenmahl ist schon gedeckt!«

Ich saß in meinem wundervollen Zimmer, meinem eigenen kleinen Reich. Hinter mir befand sich mein aus Holz gefertigtes Bett, auf das ich meinen Fuß stützte, während ich mir die Sandalen band. Auf dem Fenstersims standen die elf Holzfiguren, die Vater so liebevoll für mich geschnitzt hatte. Er habe die Gabe des Handwerks von Hephaistos erhalten, sagte er immer stolz, wenn eine Arbeit gelungen war, und ich glaubte ihm jedes Wort. – Hephaistos war der Gott des Feuers und der Schmiedekunst, der Erbauer des Olymps selbst, er konnte genau wie Vater gut Dinge erschaffen. Die Holzfiguren Vaters waren so vielfältig und schön, dass man bei ihrem Anblick neidisch werden konnte. Doch Vater hatte mir verboten, neidisch zu sein: »Das ist Hydras Werk!«, sagte er immer.

Ich wollte natürlich auf gar keinen Fall so sein wie Hydra, die Gestalt des Bösen, Verbündete des Hades selbst, mit ihren Schlangenköpfen, die so giftig wie kein anderes Wesen waren. Um genau zu sein, war Hydra die

Schwester des Zerberus, dem dreiköpfigen Wachhund des Hades. Sie hatte acht sterbliche Köpfe, die einen Unsterblichen umringten, und falls man einen davon tötete, wuchsen an dieser Stelle zwei nach. Es war unmöglich, dieses Monster zu töten, und doch war es Herkules gelungen. Dazu hatte er die sterblichen Köpfe abgebrannt, damit sie nicht wieder nachwachsen konnten, und den unsterblichen mit dem Gift der Hydra selbst zur Strecke gebracht – was mich immer wieder verwunderte, denn alle anderen Schlangen, die ich kenne, sind gegen ihr eigenes Gift immun … Die Legende der zwölf Aufgaben von Herkules hatte mir Vater früher immer erzählt, bevor er mich ins Bett brachte.

Mein Vater war ein weiser Mann, obwohl er noch gar nicht so viele Jahre zählte. Man erkannte es an seiner Wortwahl, aber auch sein ausgesprochener Sinn für Humor, seine leuchtenden Augen und sein strahlender Blick zeugten von seiner Klugheit. Er hatte rabenschwarze Haare, dunkelbraune Augen, eine leichte Hakennase und war von schlaksiger Statur. Er war toll und man konnte ihm einfach nicht böse sein.

Er hatte Prometheus, den Erschaffer der Menschen, mit diesen unglaublich ausdrucksstarken Augen und dem wundervollen Lächeln geschnitzt. Der Legende nach lag die Erde schon in ihrer vollen Pracht da – mit ihren Flüssen, Seen und Meeren, die in der Mittagssonne saphirblau leuchteten, mit den Wäldern, die im Frühling in vollem Grün erstrahlten und mit dem kühlen Wind, der uns die

Luft zum Atmen brachte –, als Prometheus, der Sohn des Titanen Japetos, auf die Erde kam. Prometheus wusste von dem göttlichen Samen in der Erde und formte aus Ton uns Menschen – Ebenbilder der Götter. Er steckte gute sowie schlechte Eigenschaften in unsere Herzen. Eines Tages kam aber die Göttin Pallas Athene, seine Freundin, die so begeistert von Prometheus' Werk war, dass sie uns mit ihrem göttlichen Atem zum Leben erweckte. Und so entstanden wir Menschen. Doch wir wussten noch nichts von der weiten Welt, nichts von den Gaben der Götter, von den verschiedenen Seelen der Erde, und auch nichts von dem frischen Wasser, welches wir brauchten. Also wurde Prometheus zum Lehrmeister der Menschen, zeigte uns, wie man Felder bestellt und die Tiere nutzt. Er erklärte uns die Bedeutung der Jahreszeiten und schenkte uns die vier Elemente Wasser Feuer, Erde und Luft. Und so bildete er uns viele Jahre lang, bis wir zu klugen Geschöpfen wurden. Prometheus war Vater wirklich sehr gut gelungen.

Seine Tage verbrachte Vater auf dem Feld, denn wir waren einfache Bauern. Trotz der harten Arbeit, die er zu verrichten hatte, beklagte er sich nie und strahlte stets. Er war meine Motivation, das Licht des Tages, der Sonnenaufgang! Und so lautete auch sein Name: Anatolios. – Es klingt vielleicht ein wenig merkwürdig, doch auf meinem Vater lag eine gewisse Magie, die jeden um ihn herum erstrahlen ließ, denn auch wenn ein Tag nicht von Glück geprägt war, konnte er jedem ein Lächeln ins Gesicht zaubern und Mut zusprechen.

So war er ziemlich angesehen. Jeder kannte ihn als *Das Licht des Tages* und so sollten sie ihn auch im Herzen behalten.

Nun streckte Mutter ihr Haupt in den Türrahmen und sagte mit ruhiger Stimme: »Thymios, das Mahl wird noch kalt, so komm doch!«

Ich sah auf und musterte sie eingehend, während ich dachte, wie schön sie eigentlich aussah: Sie hatte schulterlanges blondes Haar, das sie meistens zusammengebunden trug, da ihre Haare, so sagte sie immer, bei der Arbeit so lästig waren. Doch mit offenen Haaren gefiel sie mir irgendwie besser, wenn es wie flüssige Sonnenstrahlen über ihre Schulter fiel.

Ihr Gesicht war geprägt von tiefbraunen Augen, die so durchdringend und warm waren, dass man, wenn man sie ansah, stocken musste, denn es war, als blicke sie einem direkt ins Herz. Außerdem konnte man sie einfach nicht belügen, ich wusste nicht wieso, und die anderen noch weniger, doch man konnte einfach nicht in dieses Gesicht mit der kleinen Stupsnase, dem vollen Mund und den tiefen Augen schauen und lügen. Es war, als würde ein Zauber auf ihren Augen liegen, der einen zwang, die Wahrheit zu sagen.

Ich sprang auf und lief aus dem Zimmer in den erhellten Flur. Von hier aus konnte man geradewegs auf unsere Haustür blicken, welche sich in der Küche befand. Von dort schien jetzt die Sonne unmittelbar auf unsere Hütte und erhellte sowohl Flur wie auch Küche. Die Zeichnungen auf den Flurwänden ignorierte ich. Vater hatte sie mir mal alle genauestens erklärt, doch an jenem Tage hatte mich etwas ganz anderes interessiert, nämlich Mia. So hatte ich nicht viel von Vaters Vortrag mitbekommen, nur ab und an die Worte *Fridos und Helikios*.

Mia – eigentlich Erasmia, doch alle nannten sie nur *Mia* – war das Nachbarsmädchen. Sie lebte mit ihren Eltern in einer Hütte gleich gegenüber. Doch während wir schon fünf Jahre hier lebten, kamen sie erst vor ungefähr drei Jahren her. Mia war einzigartig und es war Liebe auf den ersten Blick. Ich weiß, dass es absurd klingt, doch schon vom ersten Moment an, als ich sie kennengelernt hatte, konnte ich mir mit ihr eine Zukunft vorstellen, obwohl ich da erst elf Jahre alt war und sie gerade mal neun. Wir lernten uns auf dem Feld kennen, welches sich direkt hinter meiner Hütte befand …

An jenem Tag, als ich Mia kennenlernte, geschah so viel, von dem ich nicht die geringste Ahnung hatte, als ich mit Mutter und Vater beim Morgenmahl saß. Wie es in Griechenland Brauch war, sprach Vater zuerst das Götterlob, während Mutter einen Teil des Mahls abriss und den Göttern als Opfer in die Mitte des Tisches legte. Wir erhofften uns dadurch das Glück und die Anerkennung der Götter, denn taten wir dies nicht, wurden die Götter zornig und schickten Plagen und schlechte Einflüsse auf die Erde hinab. Die reiche Bevölkerung Griechenlands opferte den Göttern meistens ein ganzes Tier, wie zum

Beispiel ein Lamm oder ein Rind, welches sie schlachteten; wir in Fridos jedoch hatten nicht so viel Geld, um jeden Tag ein Tier zu schlachten, deshalb opferten wir, was wir eben hatten: ein Stück Brot oder Früchte. Es war nicht gerade viel, was wir den Göttern anbieten konnten, doch bis jetzt war es nicht oft vorgekommen, dass Zeus oder Hera wütend auf uns waren.

Vater murmelte also das Gebet und nach den Worten *Zeus, der Mächtige* konnten wir beginnen. Während des Mahls durften wir nicht sprechen. »Das ist die Ehrung Zeus' und der Götter, da haben wir zu schweigen«, hatte Vater erklärt. »Du musst lernen, Zeus beim Mahl voll und ganz zu ehren. Wenn du sprichst, dann kannst du das ja nicht.« Folglich verliefen alle drei Mahlzeiten des Tages sehr ruhig. »Beten ist so wichtig wie essen«, pflegte Mutter oft zu sagen. Deswegen beteten wir dreimal pro Tag.

Nach dem Essen erhob sich Mutter und begann die Tonteller mit flinken Bewegungen abzuräumen, dann trug sie das Tischgedeck zu unserem kleinen, schon fast kaputten Holzschrank, in dem sich eine tiefe Mulde befand, nahm den großen Tonkrug neben dem Schrank und begann die Teller mit dem Wasser des Kruges zu waschen, den wir immer am Brunnen füllten. Währenddessen sah sie aus dem Fenster. Ihr fielen die Saatkrähen auf, die eine Bedrohung unserer Ernte waren.

»Mios«, Mutter nannte mich immer zärtlich *Mios*, »geh doch bitte auf das Feld und verscheuche die Krähen.«

Ich sprang vergnügt aus dem Haus, schnappte mir den

Besen und lief aufs Feld – da sah ich sie zum ersten Mal; sie hatte eine blaue Bauerntracht an und die braun gelockten Haare waren zu Zöpfen zusammengebunden. Sie schritt barfuß über den schmutzigen Acker, die Sandalen hübsch ordentlich am Feldrand abgelegt, und genoss sichtlich die warmen Strahlen der Sonne. Dabei hörte ich ein leises Summen, das bald zu freudigem Gesang wurde. *Heute ist ein schöner Tag*, dachte ich, während ich überwältigt von diesem Bild der Natur war – mit Mia als Höhepunkt darin.

Ich hätte sie von unserem Feld scheuchen sollen, wie die Krähen ... aber wie sie da die nackten Füße in den Acker steckte ... ihre Haare, mit denen der Wind spielte, und dieses blaue Kleid – sie war einfach wunderschön.

Nach einigen Sekunden ging ich dann doch zu ihr und stupste sie leicht von der Seite an. Sofort verstummte der schöne Gesang und sie drehte sich blitzartig um. Dabei musterte ich sie eingehend und sah auch in ihre tiefbraunen Augen, die in der Sonne schon fast grün leuchteten. Ihr Gesicht war eine hinreißende Komposition aus einer feinen Nase und herrlich roten Lippen. Ihr gelocktes Haar fiel ihr wild ins Gesicht und verdeckte einen Teil der Augen.

Als ich sie so ansah, brachte ich keinen Ton heraus, es war, als könnte ich nicht sprechen. Ich setzte in meinem Kopf immer wieder verschiedenste Silben zusammen, doch über die Lippen brachte ich diese nicht. Ich starrte sie eine Ewigkeit lang einfach nur an, dabei musste sie grinsen.

Anscheinend gefiel ich ihr auch ein bisschen, denn als sie den Mund aufmachte, kamen die Worte auch nicht flüssig heraus: »Wer bist du denn?«

Ich sah sie mit großen Augen an. »Ich bin Thymios, ich lebe in der Hütte hier, und du?«

»Ich bin Erasmia, wir sind gerade erst hergezogen. Was machst du mit dem Besen auf dem Feld?« Sie sah belustigt aus.

»Ach, eigentlich sollte ich nur die Krähen verscheuchen und … äh … fand dich!«

»Oh, ich verstehe, ich bin im Weg …«

»Nein«, rief ich und fasste sie am Arm, »nein, das bist du nicht. Willst du mir vielleicht helfen, die Krähen zu verscheuchen?«

Sie strahlte mich an und nickte schelmisch.

Schon rannte sie los, mit ausgebreiteten Armen und wehenden Haaren, ich hinterher, den Besen wie eine Standarte erhoben. Wir flitzten nun beide wie wild auf dem kleinen Feld herum, die Arme ausgestreckt, den Besen schwingend und schreiend, während die Krähen schockiert das Weite suchten. Immer wieder fiel einer von uns in den Dreck, darüber mussten wir jeweils lauthals lachen. Ihre Augen funkelten, wenn sie lachte, und genau das ließ sie so großartig wirken. Und obwohl unsere Kleidung nach diesem Tag völlig ruiniert war, hatten wir großen Spaß.

Ja, es waren schöne Tage damals und jeder Tag brachte seine kleinen Wunder. Mia und ich trafen uns jeden

Morgen, wenn die ersten Sonnenstrahlen die Bergspitzen streiften.

So vergingen Tage, Wochen, Monate und Jahre, in denen Mia und ich immer mehr zusammenfanden und uns hinter dem Haus – unserem Platz – austauschten, während wir den Sonnenaufgang bewunderten.

Wir stellten uns vor, wie wir wohl in ein paar Jahren aussehen würden, ob wir glücklich wären und ob wir einander noch kennen würden. Wir konnten ja noch nicht wissen, dass unsere Zukunft schon geschrieben war …

Jetzt standen Mutter und ich geduldig neben dem kleinen Tisch, während Vater Platz nahm. Dann machte er eine kurze Handbewegung, die uns unsere Plätze zuwies. Mutter teilte wie immer das Brot in drei kleine und ein großes Stück, wobei sie das größte in die Mitte legte. Vater sprach das Götterlob und wir aßen stillschweigend unser Mahl.

Nachdem ich Mutter mit dem Abwasch geholfen hatte, ging ich noch einmal kurz in mein Zimmer.

»Thymios«, hallten schon ihre Worte durch den Flur, »die Arbeit ruft!«

Ich eilte zurück und trat ins Freie. Ich war etwas nervös.

»Nun«, sagte Vater hinter mir mit seiner tiefen Stimme, »bist du bereit für deinen ersten richtigen Arbeitstag?«

Schweigend nickte ich, während mich dieses Gefühl – mein erster richtiger Arbeitstag wie ein Mann – mit Stolz erfüllte. Von den Tätigkeiten eines Kindes zu denen eines Mannes überzugehen, war nur ein geringer Unterschied, denn natürlich hatte ich in den letzten Jahren meinen wachsenden Anteil an der Arbeit erfüllt, aber nun war es offiziell: Ich war ein vollwertiger Arbeiter und das war schon was.

Vater klopfte mir auf die Schultern und gemeinsam traten wir beide auf den Steinweg vor unserer Hütte. An diesem bedeutungsvollen Morgen würde ich Mia ausnahmsweise einmal nicht sehen, denn ich ging mit Vater zum Geräteschuppen und holte dort mein Werkzeug selbst, statt es von ihm mitgebracht zu bekommen. Ich würde mit ihm zusammen aufs Feld gehen, statt nach dem morgendlichen Treffen mit Mia nachzukommen und mir sagen zu lassen, wie ich helfen konnte. Ab jetzt würde ich wissen, was ich zu tun hatte.

So waren nun mal die Regeln des griechischen Oikos und diese besagten auch, dass Vater das Oberhaupt der Familie war, Mutter folgte nach ihm und ich als Sohn nach ihr. Wäre ich volljährig, dann wäre ich als Mann das zweite Oberhaupt der Familie und Mutter in der Hierarchie unter mir, doch weil ich noch ein Kind war, mussten Mutter und ich Vater gehorchen. Aber das war mir nie schwergefallen, wieso auch?

Ich sah über unser Feld, welches von einigen Sonnenstrahlen erhellt wurde, die es im Westen über die Berggipfel geschafft hatten und es in eine rubinrote Landschaft verwandelten. Ja, heute war ein schöner Herbstmorgen.

Der erste Tag des Weizenanbaus. Die Sonnenstrahlen leuchteten auf meiner Haut und wärmten sie angenehm.

Nun standen wir vor der kleinen Holztür des Schuppens und Vater nahm sich seine Arbeitsgeräte, unter anderem eine alte Hacke. Ich nahm die Schaufel. Da wir keinen Ochsen hatten, an dem wir einen Pflug befestigen konnten, mussten wir das selber machen. Genau genommen hatten wir keinen Ochsen mehr, denn vor ein paar Jahren mussten Vater und Mutter ihn verkaufen. Da ich mit dem Ochsen groß geworden war, tat mir der Verlust sehr weh. Er hatte den Namen Adelphos, was übersetzt *Bruder* hieß.

Der Tag, an dem wir den Ochsen verloren hatten, war mir ins Gedächtnis gebrannt:

»Neuigkeiten, Neuigkeiten!«, rief ein fridianischer Laufbursche immer und immer wieder, als er an unsere Hütte hämmerte.

Mutter teilte das Haferbrot des Abendmahls in vier Stücke und legte wie gewohnt das größte in die Mitte des Tisches.

Vater hatte schon die Augen geschlossen, um das Gebet zu sprechen, doch als wir von dem lauten Gehämmer gestört wurden, blinzelte er. Mutter marschierte zur Haustür und öffnete diese mit einer flinken Handbewegung, während ich sie neugierig beobachtete.

Man hörte, wie der Regen gegen die Fenster peitschte und das Donnern des Himmels lauter wurde. Der Laufbursche sprach hysterisch ein paar Worte, während sich Mutters Augen vor Schreck weiteten.

Nun ging auch Vater hin und ich sprang ebenfalls auf und eilte zur Tür.

Dann sah ich Martius, den Botenjungen; er war durchnässt, fror und zitterte vor Kälte. Angst hatte er aber auch, das sah man deutlich; seine Augen waren weit aufgerissen, als stehe der Weltuntergang bevor.

Es war schon dunkel, die Sterne und der Mond waren nicht zu sehen – spurlos verschwunden, als hätte sie etwas Großes verschlungen.

Der Junge, dessen Haare kreuz und quer abstanden, sagte nur noch: »Die Götter sind wütend, sie haben die Sterne verschwinden lassen und Zeus schickt Blitze auf uns herab.« Er schnaufte tief, kehrte um und rannte schnurstracks über den Steinweg, während ein greller Blitz den Himmel erhellte.

Wir waren alle drei leichenblass. Niemand mochte ein Wort sprechen, aus Angst, die Götter noch weiter zu verärgern.

Schließlich besann sich Vater und sagte zu Mutter: »Schnell, reiß ein größeres Stück des Brotes ab und leg es in die Mitte des Tisches. Wir brauchen mehr Abgaben für die Götter und das Gebet muss tiefgründiger sein.«

Sofort legte Mutter das Brot von ihrem Teller in die Mitte und Vater begann: »Oh ihr Allmächtigen, ihr Götter. Ihr auserwählten Herrscher über Griechenland. Kein Leid soll euch je geschehen und gelobt sollt ihr stets werden. Also bitten wir euch mit aller Achtung und Ehrerbietung um euer Erbarmen. Keine Macht kann euch besiegen und keinem ist es gewährt, euch infrage zu stellen, doch in aller Großzügigkeit, welche von euch ausgeht und euch ausmacht, habt Erbarmen mit uns, euren Geschöpfen.«

Vater verstummte und ein rüttelndes Dröhnen rollte wie eine Welle über die kleine Stadt.

Als es vorbei war, lag das Feld, welches eigentlich an eine wunderschöne Landschaft erinnert hatte, wie ein Schlachtfeld da … Äste, Steine – was der Sturm zu fassen bekommen hatte, lag dort herum. Teile des Ackers waren fortgespült und der steinige Untergrund war hervorgetreten. Der Schuppen war aufgerissen worden, unsere Werkzeuge im Dreck verstreut. Doch am Schlimmsten war, dass die Ernte durch den Zorn der Götter vollkommen zerstört worden war. Eine ganze Ernte, Arbeit eines ganzen Jahres, in nur einer Nacht zerstört. Nun hatten wir keine Nahrung mehr, kein Opfer für die Götter und auch kein Geld.

Wenige Tage danach erfuhr der Herrscher Athens, Aiolos, von unserer Finanznot und schickte Diener, die uns unseren Ochsen, der das Unwetter glücklicherweise überlebt hatte, günstig abkaufen sollten, denn da unsere Ernte verloren war, konnten wir unsere Abgabe nicht leisten. Wir bekamen für den Ochsen gerade mal so viel, dass wir neu anfangen konnten.

Der Herrscher war seit vielen Jahren nicht mehr derselbe: »Er ist krank«, pflegte Vater immer zu sagen, »krank vor Ruhm und Macht.« Ich verstand diese Worte nicht, nickte aber immer still vor mich hin, wenn er diese Worte sprach. Denn trotzdem wusste ich, dass der Herrscher böse war, sehr böse und erbarmungslos. Aber diese Eigenschaft hatte er nur von seinem Vater geerbt, der sie wiederum von seinem Vater hatte; Aiolos' Großvater hatte während des Krieges zwischen Helikios und Fridos die armen Bürger Athens versklavt. Aiolos' Bruder Demokrit gelang es jedoch, der Versuchung der Macht, jenem Familienfluch des Herrschergeschlechts, zu widerstehen und sich für die arme Bevölkerung einzusetzen. Doch diese Gefühle hielt er geheim, denn auch er musste seinem Bruder, dem Herrscher, gehorchen, und erst wenn dieser sterben würde, könnte Demokrit die Regentschaft übernehmen. Und noch herrschte Aiolos mit furchtbarer Gewalt über Athen.

Als die Männer den Ochsen mitnahmen, fühlte ich mich so leer, als hätte mir jemand das Herz aus dem Leib gerissen. Wut und Trauer erfüllten mich an diesem Tag. Ich saß still auf meinem Bett und wollte einfach nicht mehr reden, wollte einfach nur die Augen schließen und alles vergessen. Doch es musste ja weitergehen und so fingen wir ganz von vorne an – nun jedoch ohne Ochsen.

Was ich damals noch nicht wusste, war, dass meine Eltern sich über den Verkauf des Ochsens hinaus tief verschulden mussten. Der Herrscher war in wahrlich jeder Hinsicht ein grausamer Tyrann.

2

Mia klopfte an die alte Holztür meiner Hütte. Strahlend öffnete ich ihr. Sie erwiderte mein Strahlen, hatte eine rote Bauerntracht an und Blumen in ihren geflochtenen Haaren.

Mutter rief aus der Küche: »Wir müssen los!«

Mia nahm mich an der Hand und führte mich nach draußen, in die warme Sonne. Ihre Eltern trugen ebenfalls ihre beste Kleidung und warteten schon auf dem Steinweg vor unserer Hütte. Mit einem freundlichen Lächeln begrüßten sie mich und meine Eltern. – Unsere Kleidung war weit weniger schön, denn seit dem Unwetter mussten wir sparen, wo es nur ging.

Mutter trat in die Sonne und erstrahlte, ihre blonden Haare waren offen und fielen ihr über die Schultern.

Heute war ein besonderer Tag, wir schrieben den ersten September, Beginn des Herbstes. Ab nun begannen die drei Tage des Festes, welches wir vor einer neuen Ernte für die Göttin Demeter, die Göttin der Fruchtbarkeit und des Getreides, feierten.

Dieses Fest nannte sich Thesmophoria. Diese Thesmophoria hatte auch ein Ritual, welches sich über drei Tage hinzog und immer in der Stadtmitte stattfand: Am ersten Tag bauten die verheirateten Frauen Hütten aus Laub und möblierten sie mit Sitzgelegenheiten aus Pflanzen. Am zweiten Tag war es uns bestimmt zu fasten und am dritten Tage folgte der Höhepunkt der Thesmophoria, das Fest der Opfer. Dann gab es immer einen großen Markt, auf dem Händler Wolle, Felle, Kleidung, Obst, Gemüse und Krüge sowie auch Wein und Öl verkauften. Die Menschen sangen und tanzten um ein großes Feuer, während sie zusammen aßen und beteten.

So erhofften wir uns den Segen der Demeter, was eine gute Ernte nach sich ziehen sollte. Ich liebte diese drei Tage, sie waren so voller Freiheit und purem Leben. Es schien alles ohne Sorgen an diesen Tagen und die ganze Stadt schloss sich zusammen.

Und einzig nur an diesem Tag öffnete Mutter ihr langes Haar, was sie unglaublich schön machte.

Auch die Helikier feierten an diesem Tag den Herbst mit diesem Fest, es fand jedoch auf ihrer Seite der Mauer statt, denn seit dem Krieg war die Stadt durch die große Mauer getrennt, sodass sich die Bewohner nicht sehen konnten.

Es war nicht weit von unseren Hütten am Stadtrand, wo die Bauern lebten, bis zur Stadtmitte, denn es war ja eine kleine Gemeinde.

Direkt vor uns war der große Brunnen, auf dem eine

große Statue stand, die Fridos symbolisierte, der mit seinen schwarzen kurzen Haaren und einem tiefgründigen Lächeln stur nach vorne sah. In den Händen hielt er Philosophiebücher, die zeigen sollten, dass er ein Politiker und kein Krieger war. Neben der Statue stand ein großer Stein, auf dem die Geschichte von Fridos eingraviert war.

Um den Brunnen war ein großer Platz angelegt, von den Häusern der etwas wohlhabenderen Einwohner umstanden. Doch auch sie mussten für ihren Lebensunterhalt hart arbeiten und denselben grausamen Herrscher ertragen wie die Bauern am Stadtrand.

Überall waren Menschen zu sehen, die sich ordentlich in Schale geworfen hatten, um den ersten Tag der Thesmophoria zu feiern.

Mutter gab mir einen Kuss, bevor sie mit Mia und ihrer Mutter neben die Statue zu den anderen Frauen trat, die schon einen großen Kreis gebildet hatten.

Jetzt nahmen sie Holz und Pflanzen von dem Stapel am Boden und begannen, daraus Häuser zu bauen, während wir Männer ein wenig abseits auf dem Boden saßen und redeten.

Immer wieder sah ich zu Mia hinüber, die mit Freuden ihrer Mutter half, eine kleine Hütte zu bauen, und ab und zu ebenfalls nach hinten sah, um sich zu vergewissern, dass ich da war. Und immer, wenn sich unsere Blicke streiften, wurden wir beide ganz rot und sahen schnell weg, während wir heftig grinsten und so taten, als wären wir beschäftigt. Insgeheim wussten wir jedoch beide, dass wir uns gesehen hatten, und dieses Gefühl ließ mich innerlich erstrahlen.

Als die Frauen fertig waren, begannen wir Männer, ein kleines Feuer zu entfachen, mit dem wir die Häuser anzündeten, während die Frauen in einem großen Kreis um die Häuser herumsaßen. Darauf begannen wir alle zusammen, die Göttin Demeter anzubeten. Die brennenden Häuser dienten ihr dabei als Opfer, sie symbolisierten unsere Armut und Abhängigkeit; so wollten wir der Göttin ein Kompliment machen und sie preisen.

Nach diesem feierlichen Akt, als die Sonne schon hoch am Himmel stand, begaben sich alle wieder in ihre Hütten und Häuser, wo sie das Mittagsmahl einnahmen.

Den Tag darauf mussten wir alle fasten; dies fiel mir aber nicht schwer, da wir oft nur wenig zu essen hatten und es am Vortag, anlässlich des Festes, reichlich gab.

Am dritten Tage klopfte Mia schon sehr früh an unsere Tür, da an diesem Tag das große Opferfest der Thesmophoria stattfand. Gemeinsam machten wir uns alle auf den Weg zum Brunnen, wo sich schon unzählige Menschen eingefunden hatten. Ich sah mich um und konnte überall Stände sehen, so weit das Auge reichte. Die Händler priesen Fisch, Öl oder Wein an. Einige verkauften Seide, Wolle, Felle und Kleidung. Es gab Barden, die ihre

Dichtungen laut vortrugen, und Menschen, die tanzten und lachten. – Das war der Markt.

Mein Blick schweifte über die vielen Stände, doch einer ließ mich in Fassungslosigkeit erstarren: ein Sklavenhändler! Es standen Leute davor und betrachteten die Waren, als wären es Schnitzereien, Felle oder ein Huhn. Sie wurden angefasst und herumgedreht, um sie von allen Seiten betrachten zu können. Die Sklaven blickten aus leeren Augen vor sich hin, sie schienen jede Hoffnung verloren zu haben. Es waren Junge und Alte darunter, doch was mich am meisten schockierte, war ein etwa 19-jähriger Junge, der schon blau von Schlägen war. Sein Gesicht war von der Sonne verbrannt, die Lippen aufgesprungen und rissig. Er starrte gequält vor sich hin, schien keinerlei Kraft mehr in den Beinen zu haben und kippte hin und wieder auf die Seite. Er wirkte so hoffnungslos und lebensmüde, dass ich erschauderte. Wie konnte jemand einen Jungen so zurichten?, fragte ich mich empört.

Als Mutter sah, wie entsetzt ich auf die Sklaven reagierte, brachte sie mich sogleich fort und presste mich an sich. Dann streichelten ihre zarten Hände leicht meinen Rücken und sie flüsterte: »Keine Angst, Thymios, so was wirst du nie erleben müssen!«

Man sollte stets dem Bedürfnis widerstehen, jemandem zur Beruhigung etwas zu versprechen, für das man nicht garantieren kann. Doch ich bin ihr nicht böse, sie konnte es ja nicht ahnen …

Nach wenigen Augenblicken hatte ich mich von dem

Schock erholt und wir liefen an den übrigen Marktständen entlang und bestaunten die Auslagen. Doch der Gedanke an diese Sklaven verfolgte mich immer noch und ein komisches Gefühl machte sich in meiner Magengrube breit.

Mutter kaufte günstigen Stoff, um uns Kleider für den Winter zu nähen, doch viel konnten wir uns leider nicht leisten.

Danach standen wir um den Brunnen und sahen dem Spektakel der Opfergabe zu. Dazu nahmen einige Männer ein Lamm und schnitten ihm die Kehle durch, bevor sie es häuteten, für die Göttin Demeter zerlegten und auf einem großen Feuer rösteten, um das herum getanzt und gesungen wurde.

Die Sonne stand schon tief am Himmel, als wir uns wieder auf den Heimweg machten, und eine milde Brise ließ die Blätter über den Boden tanzen.

3

Ich erledigte meine Feldarbeit gewissenhaft, mit Liebe und Geduld, so wie es Vater mir beigebracht hatte. Wir konnten es uns einfach nicht leisten, eine weitere Ernte zu verlieren, da schon bald wieder die Abgaben an den athenischen Herrscher fällig waren.

Wie gesagt, war der Herrscher böse und kannte kein Erbarmen, wenn die Abgaben eingetrieben wurden. Er ließ es sich nicht nehmen, mitunter persönlich anwesend zu sein und sich daran zu weiden, wie die Menschen unter der Last seiner Gier litten. Mutter war letztes Mal in Tränen ausgebrochen und der Herrscher dabei in höhnisches Gelächter verfallen - was Vaters Blut kochen ließ. Trotzdem behandelte er den Herrscher stets mit Respekt und zeigte Ehrfurcht.

Bislang hatte ich den Herrscher nur zweimal gesehen; einmal, als er zur Abgabe persönlich anwesend war und den Vorgang überwachte. Ich mochte ihn nicht, mit seinen eiskalten Augen und dem herablassenden Grinsen – ich hasste ihn schon vom ersten Tag an. Dies war vor fünf Jahren gewesen, als wir von Messene hier hergezogen waren. Damals hatte Aiolos auch seinen jüngeren Bruder bei sich, aber dieser schien mir nicht so arrogant, so rücksichtslos und böse. Er war anders – gütig und sanft.

Vater und ich arbeiteten den ganzen Tag auf dem Feld. Es erfüllte mich mit großer Freude, wie ein Mann arbeiten zu dürfen. Vor der Thesmophoria hatten Vater und ich ein Viertel der Aussaat ausgebracht, nun war das nächste Viertel dran. Der bereits abgearbeitete Teil des Feldes war mit Stöcken markiert.

Wir waren erschöpft und verschwitzt, als wir uns zum Abendmahl nach Hause begaben, doch mit unserem Tagewerk zufrieden.

Nach dem Essen ging ich zu Mia. Sie half gerade ihrer Mutter dabei, das Geschirr zu waschen. Nachdem ich höflich gefragt hatte, ob sie mich begleiten dürfe, liefen wir hinaus aufs Feld, Hand in Hand und strahlend wie immer, wenn wir zusammen waren. Die Sonne versetzte das Feld in ein romantisches Rot und ließ die Welt erglühen.

Wir setzten uns auf unseren Lieblingsstein und unterhielten uns über die aufregende Thesmophoria und meinen neuen Status als vollwertige Arbeitskraft.

»Meinst du, wir werden uns in vier Jahren noch kennen?«, fragte sie plötzlich.

Ich sah sie überrascht an und antwortete ruhig: »Ja, bestimmt!«

Dann lächelte sie breit und küsste mich auf die Wange. Ich wurde knallrot, konnte aber nicht aufhören zu grinsen.

An diesem Abend verabschiedeten Mia und ich uns besonders herzlich.

Als ich nach Hause kam, lag eine merkwürdige Spannung in der Luft. Etwas stimmte nicht. Ich konnte es fühlen. Das Abendmahl war nicht abgeräumt worden, das Opfer für die Götter lag noch in der Mitte des Tisches, als hätten die Götter darauf gespuckt.

Mutter stand nur da, ihr Haupt war gesenkt – sie sah so verzweifelt aus ... Vater saß am Tisch starrte mit leerem Blick auf das Holz. Er hatte nicht diesen warmen Blick, den ich so liebte, kein Lachen umspielte seine Lippen – die Stimmung war angespannt und es war totenstill.

Es war das erste Mal, dass Vater mich nicht mit einem warmen Lächeln begrüßt hatte und das erste Mal, dass ich mich nicht wohlfühlte, als ich heimkam.

Als er mich bemerkte, riss er entsetzt die Augen auf: »Du bist zurückgekommen?«, stammelte er.

Mein Herz wurde ganz kalt und Tränen traten mir in die Augen, als nun auch Mutter die Hände vors Gesicht schlug, als wäre ich eine Plage.

Hinter mir hörte ich ein Klirren. Als ich mich umsah, erkannte ich einen Soldaten, der vor unsere Tür getreten war. Er blickte finster drein und trat wieder zur Seite.

»Wir hatten gehofft, du hättest es bemerkt und wärst

fortgelaufen«, seufzte Vater und Mutter fiel mir schluchzend um den Hals.

»Oh, ihr Götter des Himmels«, lamentierte Vater nun mit hoch erhobenen Armen, »ihr Mächtigen der Ewigkeit. Habt Erbarmen mit euren Geschöpfen«, er schluckte und wischte sich mit der Hand eine Träne aus dem Gesicht, »habt Erbarmen. Ich bitte euch um euren Segen und eure Hilfe!« Er war ganz leise geworden, als würde es die Götter sowieso nicht interessieren.

Mutter hielt sich eine Hand vor den Mund und schrie vor Schmerz. Sie kreischte und sackte zu Boden. Ich starrte entsetzt auf die Szene, die sich mir bot, ein Schreckensbild, das das Glück meiner Kindheit mit einem Schlag zunichtezumachen drohte.

Ich stand nur da, konnte mich nicht bewegen, während Mutter ihren Kopf auf den Boden presste und von Weinkrämpfen geschüttelt schluchzte. Vater verharrte in verstörender Hilflosigkeit, kniete neben Mutter nieder, wusste ihr jedoch nicht zu helfen. – Das war der furchtbarste Anblick, der sich mir jemals geboten hatte: meine Eltern, hilflos, kraftlos und verzweifelt! So hatte ich sie nicht mal nach dem schrecklichen Sturm erlebt.

Ich wollte helfen, Mutter in meine Arme schließen und mit ihr weinen, doch meine Fragen waren zu groß und ich konnte mich nicht aus meiner Schockstarre lösen. Ich schloss die Augen: *Oh großer Zeus, hilf mir!*

Mir wurde schwarz vor Augen und ich sackte zusammen, doch Vater, immer noch kniend, fing mich auf, hielt

mich lange im Arm und trug mich in mein Gemach. Er küsste mich sanft, legte mich auf mein Bett und nickte beruhigend. Dann sah er rasch weg und ging schweigend hinaus, während ich verzweifelt hinter ihm hersah, die Tränen aus meinen Augen blinzelnd.

Lähmende Angst hatte sich auf mein Gemüt gelegt. Ich fürchtete, wenn ich mich bewegte, würde alles noch viel schlimmer. Mir war, als stünde ich in dunkler Nacht an einem Abgrund und sollte still und starr abwarten, bis der Morgen mich rettete.

»Wir haben doch alles bezahlt«, hörte ich nun Mutter kreischen, »du hast mir versichert, es wäre alles in Ordnung!«

»Der Herrscher hat den Vertrag geändert«, seufzte Vater so leise, dass ich es mehr ahnen als hören konnte.

»Gibt es denn keinen Ausweg? Ein weiteres Darlehen, einen höheren Zins oder … würde er dich oder mich oder uns beide akzeptieren?«

»Nein, der Herrscher hat ausdrücklich ausrichten lassen, dass es unabänderlich sei. Wir sollen weiter unsere Abgaben leisten, unseren Sohn verlangt er nun als Gegenleistung für den Ausfall der Sturm-Ernte. Der Soldat vor der Tür stellt sicher, dass wir das Opfer erbringen, sonst sterben wir alle.«

»Was werden sie ihm antun?«, fragte Mutter schließlich mit tränenerstickter Stimme.

»Ich weiß es nicht, vielleicht will er ihn als Diener, als Soldat … vielleicht soll er verkauft werden …«

»Warum verkauft er sein Volk?«, wimmerte Mutter nun.

Ich zitterte und bebte mit ihr, fassungslos über des Herrschers Absicht. Mir war klar, wieso meine Eltern mir das nicht sagen konnten. Ich verharrte in meiner Starre und empfand, als beträfen mich diese Worte nicht; dennoch wimmerte und weinte ich angesichts dieser schrecklichen Nachrichten.

Vater schniefte: »Er ist krank, so wie sein Vater auch – krank vor Ruhm!«

Dass Vater ebenfalls weinte, ließ mich die Endgültigkeit der Katastrophe erkennen – Vater hatte noch nie geweint!

Daraufhin herrschte Stille. Mir war, als hörte ich die Tränen fließen, in diesem Haus, das in dieser Nacht im Unglück versank.

Dann, als ich schon fast weggedämmert war, meinte ich noch zu hören, wie Mutter tonlos fragte: »Wann?«

»Ich weiß es nicht. Der Bote ließ es offen.« Vater war praktisch nicht zu hören. Es war, als trügen die Götter mir seine Worte ins Ohr: »Wir sollten ihm noch nichts sagen und versuchen, die uns verbleibende Zeit zu nutzen, um noch ein paar schöne Stunden zu haben.« Und dann, fast gurgelnd, so sehr strömten die Tränen: »Oh, mein starker Junge, irgendwann wirst du zu uns zurückkehren, wenn das Licht über die Dunkelheit herrscht und niemand mehr in Trauer fallen muss – niemand.«

Immer und immer wieder sagte mein Vater nur *niemand*. Dann erfüllte nur noch leises Wimmern die Dunkelheit und das Wort *Niemand* hallte in meinem vor Schmerz und Angst dröhnenden Kopf nach. Wachte ich oder träumte ich? War das alles Wirklichkeit?

4

Die Vögel zwitscherten, der Wind pfiff mir um die Ohren. Es war ein schöner Sommertag, die Sonne schien auf meine Haut und wärmte mich angenehm.

Wo bin ich?

Ich hob meinen schweren Kopf und stellte mit Entsetzen fest, dass ich auf einer Wiese lag. Vor mir war ein Heuhaufen, der mich vor fremden Blicken verbarg. Meine Arme und Beine schmerzten fürchterlich und schon allein das Aufstehen erforderte viel Mühe und Kraft. Ich wusste nicht, wie ich hergekommen war, doch Angst hatte ich keine. Es war eher ein Gefühl von Freiheit und Glück, meine Füße in das feuchte Gras zu drücken und den Wind zu spüren – ein ganz ungewohntes Gefühl, welches mich freudig erschauern ließ.

Ich befand mich in einer Hügellandschaft, die in der Mittagssonne smaragdgrün leuchtete, wie ein Lustgarten der Götter. Der Himmel war so klar und saphirblau, dass keine einzige Wolke es wagte, dieses Idyll zu zerstören.

Ein kühler Wind ließ mich für einen kurzen Moment

frösteln, doch war diese Luft so erfrischend und rein, dass ich tief einatmete und den Moment genoss.

Ich sah in die Ferne, da konnte ich die Umrisse eines Dorfes erkennen, welche in der strahlenden Sonne erglühten. Ohne zu zögern lief ich los.

Ich wusste nicht, was mich dazu trieb, doch ich hatte das brennende Verlangen, noch vor Einbruch der Dämmerung dort zu sein. Also lief ich über die endlos scheinende Wiese, die sich vor mir erstreckte.

Ich sah die Sonne über den Bergen und lief und rannte weiter, angetrieben von der Angst, die Nacht könnte eintreffen, bevor ich das Dorf erreichte.

Endlich stand ich vor dem gewaltigen Palisadenzaun, der das Dorf umgab, eher eine kleine Stadt, wie ich nun sah. Ich zögerte nicht lange und klopfte drei Mal gegen das schwere Tor. Es öffnete sich und ich gelangte hinein. Drinnen herrschte rege Betriebsamkeit. Es gab viele Händler, welche ihre Waren anpriesen; die Menschen sangen und tanzten voller Hingabe und Freude.

Dieser Markt sah genau aus wie der, den wir bei uns hatten, und die ausgelassene Stimmung erinnerte mich auch sehr daran, doch in den Gesichtern der Menschen zeigten sich, anders als bei uns, keine Sorgen. Ganz im Gegenteil: Sie strahlten und lachten und keine einzige Sorgenfalte furchte ihre Gesichter – als hätten sie keine Probleme.

Ich lief umher und das Gefühl des Glücks in mir ließ mich über das ganze Gesicht strahlen. Meine Füße waren nackt, meine Kleider bestanden nur noch aus Fetzen, doch das war mir egal; es war, als läge eine Hoffnung in dieser Stadt, die alle Sorgen verschwinden ließ.

Mit großen Augen bewunderte ich dieses Fest der Freude, betrachtete die Menschen und genoss die heitere Stimmung jener schönen Stadt, die mir doch so bekannt vorkam – aber es blieb nicht freudig: Plötzlich gab es einen lauten Knall und der Boden, auf dem wir standen, riss auf und spaltete die Stadt in zwei Hälften. Wo eben noch getanzt wurde, stürzten die Menschen nun zu Boden und schrien voller Verzweiflung. Manche versuchten noch, auf die andere Seite, zu ihrer Familie, ihren Freunden zu gelangen, andere stürzten in den Abgrund.

Ich lag ebenfalls auf allen vieren, da mich das Gerüttel des Erdbebens auf die Knie gezwungen hatte. Dabei hielt ich mir den Kopf und blieb einen Moment bewegungslos liegen. Doch dann erkannte ich, dass mich das nicht vor dem Schicksal der Stadt bewahrte, denn plötzlich hörte man laute Männerstimmen, welche immer wieder *Krieg* riefen. Dazu diese langen eisernen Klauen, welche den Palisadenzaun durchbohrten.

Jetzt war auch mir klar, was sich hier abspielte, und ich rannte den Menschen nach, auf die andere Seite der Stadt, um dort über die Palisade zu flüchten und nicht der angreifenden Kriegsschar in die Hände zu fallen. Doch auch dort hatten sich die Lanzen der Krieger schon in das dicke Holz gebohrt.

Eine Flucht war aussichtslos, wir waren umzingelt. –

Doch wer waren diese Krieger und was wollten sie von uns?

Da brach die südliche Palisade ein und die Soldaten stürmten mit großen Schwertern und lautem Gebrüll auf uns zu.

Die Leute flüchteten in alle Richtungen. Einige versteckten sich in ihren Häusern und riefen die Götter an, andere kletterten über die Palisade und stürzten auf der anderen Seite in die gezückten Schwerter der Angreifer.

Es war schrecklich, die Soldaten waren erbarmungslos, töteten wie im Rausch jeden, den sie in die Finger bekamen.

Ich blickte mich gehetzt um, sah das Verderben, die Toten … Ich rannte wie noch nie in meinem Leben, versuchte einfach schneller zu sein als die Häscher. Sie kamen immer näher, doch ich gab mich nicht geschlagen, holte das Letzte aus mir heraus – da plötzlich sah ich meine Rettung: eine Schmiede! Ich rannte die Gasse hinunter, sprang durch die Tür und packte mir dort ein eisernes Schwert. Als ich es nun in meinen Händen hielt, fiel mir eine blaue Gravierung auf, die den Buchstaben *F* formte. Doch für nähere Betrachtungen hatte ich keine Zeit.

Als ich mich umdrehte, bemerkte ich, dass ich vollkommen alleine war. Ich hatte die Soldaten wohl abgehängt. Kurz durchzuckte mich noch der Wunsch weiter zu fliehen, doch der Entschluss, mich dem Feind entgegenzustellen, war plötzlich da, unumstößlich und endgültig. Ich trat ohne zu zögern aus der Schmiede nach draußen, wo mich ein Heer von Soldaten erwartete, die die Gassen verstopften und vor mir eine Wand gebildet hatten.

Vor ihnen stand ein Anführer in glänzendem Harnisch und zog sein Schwert – doch er schien auf irgendetwas zu warten. Ich betrachtete ihn, aber sein Gesicht war hinter einem eisernen Helm verborgen. Jetzt fiel mein Blick auf sein mächtiges Schild, welches durch ein großes *H* geschmückt wurde.

An die Stelle meiner anfänglichen Angst war Mut getreten und ich trat vor. Ich hörte den gleichmäßigen Atem des Mannes und konnte sein überhebliches Grinsen unter dem Helm erkennen.

Er hob das Schwert und flüsterte: »Krieg soll über dich kommen, Thymios! Krieg!«

Schweißgebadet wachte ich in meinem Bett auf – es war nur ein Traum! Ein Albtraum!

Ich muss wohl geschrien haben, denn meine Eltern kamen in mein Zimmer gelaufen. Sie starrten mich ängstlich an. Ich hatte sie sicher aufgeweckt, denn beide standen in Nachtgewändern vor mir. Mutter hielt eine kleine Öllampe in der Hand.

»Ist alles in Ordnung, Sohn?«, fragte Vater atemlos.

Um ihn zu beruhigen, gab ich ein schlichtes, aber lautes »Ja!« von mir, dann wendete ich traurig den Blick ab und versuchte, gegen meine Tränen zu kämpfen; doch es half nichts, ich musste weinen. Ich weinte wegen des

Albtraums, wegen dem schrecklichen Anblick, den meine Eltern gestern geboten hatten, und wegen meiner Ahnungslosigkeit. Aber am meisten weinte ich um meine Unschuld, denn hatte ich es wirklich verdient, meine Eltern so zu sehen? Ich war doch immer ein tüchtiger Junge gewesen, und nun wurden mir meine Kindheit, meine Jugend, meine Unbeschwertheit mit einem Mal entrissen, mein Glaube an Sicherheit und Geborgenheit, an göttliche Fürsorge und Gerechtigkeit zerschlagen.

Mutter stellte die Öllampe beiseite und drückte mich fest. Sie legte ihren zierlichen Mund an mein Ohr und flüsterte: »Sag mir, was dich bedrückt, Mios!«

Jetzt konnte ich nicht mehr verheimlichen, dass ich die schreckliche Wahrheit bereits kannte. Ich schluckte und sprach: »Was wird mit mir passieren? Wo muss ich hin?«

Meine Eltern sahen mich entgeistert an; die braunen Augen meiner Mutter erloschen mit einem Schlag, wurden matt und leer. Mein Vater bemühte sich, für mich zu lächeln, doch es gelang ihm nicht, denn es erreichte seine traurigen Augen nicht – ein schmerzhafter Anblick für mich, der ich dieses aufbauende und alle Sorgen beiseite wischende Lächeln meines Vaters jetzt mehr benötigte denn je.

Nach langem Schweigen antwortete mein Vater schließlich auf meine Frage: »Aiolos, unser Herrscher, verlangt dich als Ersatz für den Ernteausfall nach dem Sturm.« Vater sah betroffen zu Boden. »Mutter und mich

will er nicht, wir sollen weiter das Feld bestellen und Abgaben leisten, er will nur dich.« Er schluckte. »Aber … keine Angst, mein Sohn, alles wird gut.« Jetzt konnte man hören, dass Vater einen dicken Kloß im Hals hatte. Er kniff die Augen gedemütigt zusammen und eine dicke Träne rollte ihm über die Wange. »Es tut mir leid, es tut mir so leid.« Sein Schluchzen erfüllte mein Zimmer.

Ich war geschockt. Es zu wissen, war das eine, es aus Vaters – meines Vaters! – Mund zu hören, war etwas ganz anderes, etwas Endgültiges, etwas Reales, etwas, das wirklich geschah! Diese Worte waren so schlicht, doch gleichzeitig auch unbegreiflich.

Mein Kopf dröhnte. Wieso ich? Hatten die Götter einen Grund, mich zu strafen – oder Vater und Mutter?

Ich hatte meinen Vater noch nie so gedemütigt und traurig gesehen, es war, als würde ein schwarzer Schleier über uns gelegt werden.

Die Stimmung war gedrückt und traurig. Eine Zeit lang sprach keiner ein Wort, jeder kämpfte mit den Tränen.

Ich weinte still und konnte mir nicht vorstellen, dieses wunderbare Fleckchen Erde mit den lieben Menschen, den lachenden Kindern und den fröhlichen Festen zu verlassen. Hier war mein Zuhause, das konnte ich nicht einfach so aufgeben, auf keinen Fall. Mia! Meine Mia! – Plötzlich wurde mein Herz ganz schwer und ich fühlte mich auf einen Schlag elend und leer, allein und verlassen; kraftlos, bis in den Grund meiner Seele.

Nach einiger Zeit erhellte sich Vaters Gesicht etwas und er fragte mich: »Weißt du eigentlich, was Thymios bedeutet?«

Ich sah ihn verblüfft an, ich hatte eigentlich nie daran gedacht, dass mein Name etwas bedeuten könnte. »Nein«, sagte ich matt.

»Es bedeutet die *Lebenskraft*! Du warst schon immer meine Lebenskraft, Thymios, schon als ich dich das erste Mal in den Armen hielt. Wenn dieser Albtraum vorbei ist, die Schreckensherrschaft überwunden, dann wirst du hierher zurückkehren, du wirst das schaffen, Thymios!«

Nun konnten wir alle ein bisschen lächeln, waren froh über diese aufmunternden Worte. Wie gesagt, auf meinem Vater lag eine gewisse Magie; dass sie nun wieder da war, beruhigte mich ungemein. So schlimm war es dann doch nicht, wenn mein Vater noch Hoffnung ausstrahlen konnte!

5

Als die Morgensonne ihre zarten Strahlen durch mein Fenster schickte, war ich wach. Mit einem Mal wusste ich, dass dies die letzten Stunden in Freiheit sein würden und ich wollte keine Minute davon verschlafen. Ich zog mich an und trat vor die Hütte. Der Soldat war nicht zu sehen. Als ich schon überlegte, wie weit ich wohl kommen würde und was im Falle meiner Flucht mit meinen Eltern geschähe, sah ich Mia in der Tür ihrer Hütte stehen.

»Thymios! Oh mein Thymios … ich habe dir etwas Wichtiges zu erzählen!«, rief sie und rannte mir entgegen.

Ihr gelocktes Haar wippte beim Laufen auf ihren Schultern und die Sonnenstrahlen zauberten einen magischen Glanz hinein.

»Thymios!«, sagte sie atemlos, als wir uns in der Mitte trafen.

Nun sah ich auch den Soldaten, der zwischen zwei Gebäuden hervorgetreten war. Am Ende des Weges sah ich einen weiteren, und als ich mich umsah noch mehr – ich war umstellt! Was für ein Aufwand für einen einzelnen Jungen!

»Thymios, etwas Schlimmes ist passiert!«, begann Mia zögernd und mir zog sich der Magen zusammen.

»Was ist denn los?«, brachte ich kraftlos heraus.

Mia sprudelte los, dass ihre Eltern ihr letzte Nacht gestanden hatten, dass sie seit dem Sturm ebenfalls hoch verschuldet waren – obwohl ihr Feld nicht so stark zerstört worden war wie das unsere, hatten sie ja keinen Ochsen gehabt, den sie dem Herrscher geben konnten.

Ich sah sie entsetzt an.

»Der Herrscher will, dass meine Eltern mich als Abgabe hergeben!«, schluchzte Mia los. »Sie können nichts machen!«

Da sagte ich ihr, dass auch ich geholt werden würde, und wies sie auf die vielen Soldaten hin, die überall standen. »Der Herrscher holt uns wohl alle«, sagte ich leise.

Der kurzen Freude, dass wir nicht allein waren mit unserem Schicksal, es tatsächlich keine Möglichkeit für unsere Eltern gab, wodurch sie nicht mehr so schwach und hilflos wirkten, folgte sofort die Erkenntnis, dass das Leben, wie wir es kannten, nun vorbei war.

»Thymios, wenn wir als Sklaven enden, dann werden wir nie wieder frei sein!« Ihre Augen glänzten vor Tränen. »Wenn wir wirklich an einen Spartaner verkauft werden, wie Vater befürchtet, dann wird der uns foltern. Die Spartaner ... sie ... sie sind Tiere, verstehst du denn nicht?«

Ich sah sie geschockt an. Woher sollte sie das denn wissen? Sie kannte doch keinen Spartaner, oder?

»Ich werde eine Magd, Thymios, eine Magd! Nie wieder werde ich die Freude der Freiheit spüren, nie mehr werde ich glücklich sein!« Sie stockte. »Ich … ich …«

Dicke Tränen rollten über ihre roten Wangen. Ihre Augen waren weit aufgerissen und ihre zarten Hände begannen heftig zu zittern.

Ich nahm sie in den Arm und beruhigte sie. Dabei wurde mir bewusst, was für eine hilflose Geste dies war und konnte nachvollziehen, wie mein Vater sich fühlen musste, angesichts seiner Ohnmacht gegenüber dem athenischen Herrscher.

Mia schmiegte ihr Gesicht an das meine, legte ihren Mund an mein Ohr und flüsterte: »Mios, bitte, du musst mir helfen – rette mich!« Sie legte mir eine Silbermünze in die Hand, stellte sich auf die Zehenspitzen, um mich zu küssen, dann rannte sie in ihre Hütte.

Ja, wir waren ineinander verliebt und doch zu jung, um es einander einzugestehen. Oh, meine süße Mia!

Sie war doch so ein kluges Mädchen. Natürlich hatte sie mir die Silbermünze gegeben, damit ich sparen würde, um sie irgendwann freizukaufen. Meine tapfere Mia! Ich würde nicht zulassen, dass sie eine Magd wurde – niemand sollte sie schlecht behandeln!

Doch konnte ich dieses Versprechen halten? Dies stand noch in den Sternen über Fridos!

Ich ging wieder nach Hause. Meine Eltern erwarteten mich bereits in der Küche; sie hatten meinen Abschied von Mia gesehen.

»Wie hat sie es aufgenommen?«, fragte Vater leise.

Da erzählte ich ihm, dass ich nicht der Einzige war. Vater lief aus dem Haus, sah sich um und ließ den Kopf hängen.

Mutter drückte sich an mich. »Die ganze Stadt?«, sagte sie fassungslos, als Vater wieder zu uns trat.

»Sicher nur die, die nicht genug zahlen können«, knurrte Vater, dessen Verzweiflung nun kalter Wut gewichen war.

Hatte er bis eben noch geglaubt, das alles wäre ein Unglück, die Unfähigkeit, die berechtigte Abgabe zu zahlen, erkannte er nun, dass der Sturm nur als Ausrede diente, die Jugend der Stadt als Sklaven zu verkaufen, um des Herrschers Taschen zu füllen. Denn um nichts anderes ging es hier, wie Vater nun bebend vor Zorn erklärte.

»Und die ganze Mär von der Abgabe und der letzten Chance diente nur dazu, dass wir keinen Aufstand anzetteln würden, denn jeder dachte ja, es beträfe nur ihn und schwieg aus Scham über die Verschuldung beim Herrscher!«, presste er zwischen zusammengebissenen Zähnen hervor.

»Und wenn du jetzt zu den anderen gehst, wirst du vermutlich auf offener Straße von den Soldaten niedergestreckt«, flüsterte Mutter besorgt und umfasste seinen Arm.

Vater nickte grimmig, dann traten wieder Tränen in seine Augen. Ich sah weg; es war immer noch der schlimmste Anblick für mich.

Mutter sah mit großen Augen zur Tür. Ich drehte mich

um: Da stand Mia, mit rot geweinten Augen. Ihre Lippen waren rau und hatten ihre Farbe verloren.

Bestürzt nahm ich sie in den Arm. Sie schluchzte leise in mein Ohr.

»Mia, sag doch … was ist los?«

»Thymios, er …er …« Sie schluckte und atmete mit lauten Zügen, als würde sie keine Luft mehr bekommen.

»Er wird mich erkennen, Thymios, er wird mich erkennen und dann wird er mich foltern!«

Ich verstand nicht, was sie meinte, aber ich verstand, dass sie nicht in der Lage war, darüber zu sprechen, dass auch ihre Eltern ihr keinen Trost mehr spenden konnten, so wenig wie meine, dass auch ihr Zuhause aufgehört hatte, ein Zuhause zu sein, ein Ort der Sicherheit und Geborgenheit.

Als Mia sich wieder von mir gelöst hatte, schlurfte sie zurück zu ihrer Mutter, die mit feucht glänzendem Gesicht in der Tür stand. Sie hatte kraftlos die Hand zum Gruß erhoben, meine Mutter nickte nur.

In der Ferne erhob sich ein klagender Laut, der zu der trüben Stimmung passte, die sich über die verwaist wirkenden Hütten ringsum und vermutlich die ganze Stadt gelegt hatte.

Ich starrte Mia nach und empfand den Ton plötzlich als gänzlich falsch, zu laut, aber er wurde immer noch lauter, schwoll an, und ich drehte den Kopf, um zu sehen, woher der Lärm kam. Da sah ich eine Staubwolke in der

Ferne und nun konnte ich auch den Ton erkennen, der eindeutig vom Quietschen einer Wagenachse stammte. Dazu war das Schnauben von Pferden und das Knallen von Peitschen zu hören.

Starr und stumm standen wir alle auf der Straße und sahen das Unglück sich nähern. Jemand schrie, Hufgetrappel brachte den Boden zum Beben und die Peitschen knallten immer lauter, dazu wieherten die Pferde qualvoll.

Jetzt konnte man die Umrisse der Wagen und ihrer Zugpferde erkennen, die in den Ort einfuhren und sich in unterschiedliche Richtungen verteilten. Einer der Wagen kam auf uns zu, doch er hielt vor Mias Hütte, nicht vor unserer.

Zwei Athener saßen auf dem Wagenbock und spuckten provokativ auf den Boden. Dann sprangen sie herunter und trampelten einfach in Mias Hütte, als gäbe es keinen Anstand mehr, als wollten sie uns alle noch zusätzlich demütigen.

Man konnte Schreie des Entsetzens hören und flehentliches Rufen. Einer der Soldaten trat zur Tür und sah in die Hütte hinein, doch die Sklavenhändler kamen schon mit Mia heraus, die sie vor sich hertrieben wie eine störrische Ziege oder ein widerborstiges Schwein. Der eine packte sie am Nacken wie einen jungen Hund, der andere öffnete den Verschlag des Wagens und stieß Mia hinein. – Allein der Soldat mit dem griffbereiten Schwert hielt mich davon ab hinüberzulaufen, um dem widerlichen Kerl an die Gurgel zu gehen.

Mias Eltern standen in der Tür, zurückgehalten vom Schwert des Soldaten. Sie schrien und weinten, riefen die Götter an, ernteten jedoch nur Spott und Demütigungen. Der eine Händler packte Mia durch die Gitterstäbe des Wagens hindurch am Haar, riss ihren Kopf brutal zu sich heran und rief so laut, dass alle es hören konnten: »Diese hier wird eine nette Gespielin abgeben!«, und lachte lüstern.

Da stieß Mias Vater den Soldaten beiseite und stürzte sich auf den Sklavenhändler, der scheinbar nur darauf gewartet hatte, denn er hielt den Dolch schon in der Hand, stieß ihn dem verzweifelten Vater in den Bauch und warf ihn zu Boden, wo sich rasch eine Blutlache bildete.

Vereinzelt ruckten die Menschen, die von ihren Hütten aus zugesehen hatten, aber die umstehenden Soldaten hoben ihre Schwerter und keiner rührte sich vom Flecke. Dies war eine Demonstration gewesen, Mias Vater hatte Pech, dass sein Haus das erste war, sonst läge nun ein anderer Vater tot in seinem Blut.

Der entsetzliche Schrei, der sich gleichzeitig aus Mias und ihrer Mutter Kehle erhob, ließ die Luft erzittern. Dann wurde das Schwert an der Mutter Kehle gehalten und ihr Geschrei erstarb; Mia presste sich die Hände auf den Mund und drückte sich in den hinteren Winkel des Wagens.

Während der eine Sklavenhändler Mias Hände mit einem groben Strick am Wagen festband, kam der andere mit dem Soldaten zu uns herüber.

»Wehr dich nicht«, sagte Vater leise, »es nutzt ja nichts. Warte auf eine gute Gelegenheit zur Flucht, such Schutz bei Linos, einem Bauern, den ich kenne. Er wohnt nicht weit von Sparta.«

Er schwieg, denn der Häscher war da.

»Verliere nie die Hoffnung, mein Sohn!«, waren seine letzten Worte, während Mutter mich ein letztes Mal umarmte.

Dann wurde ich von dem Kerl gepackt und von ihr fortgerissen. Er zerrte mich einige Schritte weg und fesselte meine Hände mit einem Strick, an dem er mich anschließend hinter sich herzog, ohne ein Wort zu sagen oder sich noch einmal umzudrehen. – Er verließ sich darauf, dass der Mord an Mias Vater seine Wirkung zeigte.

»Thymios! Vergiss nie, dass dein Name *Lebenskraft* bedeutet«, rief Vater mir noch nach, »dies soll stets ein Zeichen für dich sein, mein Junge!«

Der Athener riss mich, bevor ich antworten konnte, herum und stieß mich zu Mia in den hinteren Teil des Käfigs, wo er mich ebenfalls festband. Ich hätte Mia gerne getröstet, aber mehr als sie sehnsüchtig anzusehen blieb mir nicht, denn die Trauer um ihren Vater hatte sie fest umschlossen und ließ ihren zarten Körper zittern wie Gras im Wind.

Der Wagen fuhr nun einige Pferdelängen weiter und unter Wehklagen und mehr oder weniger heftigem Widerstand wurden weitere Kinder und Heranwachsende in den Wagen gebracht. Alle wurden festgebunden und der

Wagen klapperte die gesamte Straße ab, bis der Käfig voll war.

Die meisten der anderen kannte ich, nur einige der jüngeren Kinder vom Ende der Straße hatte ich bisher höchstens ein paarmal gesehen. Es war eng in dem Käfig und die Fesseln schnitten in unsere Haut. Wir konnten nicht richtig sitzen, stützten uns, so gut es ging, aneinander und hofften, dass es bald vorbei wäre.

Der Wagen fuhr nun über den Weg, der von der Stadt fortführte. Die Soldaten hatten ihre Pferde geholt und folgten uns nun.

Als wir ein gutes Stück von der Stadt entfernt waren, hielt der Wagen an und einer der Sklavenhändler, ein eher einfältiger Typ, der tat, was der andere ihm auftrug, ging um den Käfig herum und löste unsere Fesseln.

»Wir wollen ja nicht, dass unsere Ware beschädigt wird«, kicherte er dabei.

»Wer versucht zu fliehen«, dröhnte der andere, der etwas äußerst Boshaftes an sich hatte, »wird nicht weit kommen. Wer mit zerschlagenen Knochen und von Peitschenhieben zerfetzt auf dem Markt ankommt, wird höchstens noch fürs Schweinestallausmisten gekauft, das würde ich mir an eurer Stelle überlegen!« Er lachte gehässig. »Je mieser der Job, desto mieser auch Unterkunft und Essen! Die Braven unter euch werden es sicherlich gut haben bei ihren neuen Herren.«

Daraufhin setzte sich der Wagen wieder in Bewegung.

Es war für uns nun wesentlich erträglicher, da wir uns einigermaßen bequem hinsetzen und besser das Gleichgewicht halten konnten, wenn der Wagen durch ein Loch fuhr und wackelte.

Ich nahm Mia in den Arm, die sich sofort an mich schmiegte. Sie sprach kein Wort, sondern legte nur ihren Kopf an meine Schulter. Da wusste ich, dass ich nie alleine sein würde. Sie würde immer bei mir sein und etwas anderes würde ich nicht zulassen.

Nach einigen Stunden gab es die erste Pause. Der Weg war dort von steilen Felswänden gesäumt, die man unmöglich hätte erklimmen können, vor und hinter dem Wagen postierten sich die Soldaten auf ihren Pferden. Wir mussten vor aller Augen unsere Notdurft verrichten, danach bekamen wir eine Kelle Wasser, das aus einem Schlauch floss, der auf dem Wagendach lag. Zu essen gab es nichts.

Als wir danach alle wieder im Käfig saßen, ging es sofort weiter.

Erst als wir an einen Bachlauf kamen, wurde nochmals angehalten, aber nicht für uns, sondern für die Soldaten, die die Pferde dort tränkten. Frustriert sahen wir zu, wie die Soldaten aus dem Vorrat der Sklavenhändler Wurst, Käse und Brot bekamen, außerdem Wein.

Als es zu dämmern begann, wurde ein Nachtlager errichtet. Wir wurden einzeln, mit einem Strick um den Hals, zum Ufer eines Baches geführt, wo wir uns erst hinter einem Busch erleichtern konnten, dann am Wasser trinken und waschen. Es war entwürdigend und eklig, denn sie führten uns alle zur selben Stelle, die sich nach den ersten Benutzungen in eine fürchterliche Kloake verwandelte.

Danach wurden wir wieder in den Käfig gesperrt und es gab für jeden ein Stück Brot und wieder eine Kelle Wasser. Die Käfigtür wurde mit einem Seil mehrfach festgebunden, die Soldaten zu Wachen eingeteilt.

Vielleicht wäre das eine gute Gelegenheit zur Flucht gewesen, aber ich hätte Mia unmöglich mitnehmen können und allein lassen wollte ich sie nicht.

6

Im Morgengrauen wurden wir von lauten Rufen geweckt, als die Soldaten das Lager abbrachen. Wir hatten uns kaum den Schlaf aus den Augen gerieben und die Jüngeren zu trösten begonnen, da ruckte der Wagen auch schon an und es ging wieder los.

Mia hielt meine Hand, hatte sich aber inzwischen so weit gefasst, dass sie die Kraft hatte, ein etwas kleineres Mädchen im Arm zu halten, das sich in der Nacht weinend an sie gekuschelt hatte. Auf die ängstlichen Fragen der Kinder, was nun mit uns geschehen würde, wussten wir keine Antwort. Ihnen mit unseren Befürchtungen Angst zu machen, war auch keine Lösung. So zuckten wir Größeren alle nur mit den Schultern und sahen uns gegenseitig hilflos an. Gesprochen wurde kaum, es gab nichts zu sagen.

Als die Sonne bereits recht hoch am Himmel stand, durften wir wieder aussteigen, pinkeln und trinken. Diesmal hielt der Wagen auf einer weiten Ebene. Man hätte zwar weglaufen, sich aber nirgendwo verstecken können, also versuchten wir es gar nicht erst.

Dann ging es weiter.

Als es Mittag war, kamen wir an einem Fluss vorbei. Wieder wurde angehalten und nun wurde einer nach dem anderen am Strick zum Wasser geführt. Wir sollten uns ausziehen und gründlich waschen, die Kleider aber nicht nass machen. Ich verstand nicht, was das sollte, aber als ich mir nicht genügend Mühe gab, sprang der Sklavenhändler, der das Sagen hatte, zu mir, drückte meinen Kopf unter Wasser und fauchte, als ich nach Luft schnappend wieder auftauchte: »Wasch dich gründlich! Sauber bringst du mehr ein! Wenn du nicht hübsch genug bist, landest du wohl doch noch im Schweinestall!«

Eingeschüchtert begann ich an mir herumzurubbeln, auch hinter den Ohren. Ich hatte weniger Angst vor den Schweinen als davor, dass er mich noch mal unter Wasser drücken könnte.

Es dauerte lange, bis alle gewaschen waren. Auch trinken sollten wir, während wir in unserem eigenen Dreck standen, damit wir nicht wie Dörrobst auf dem Markt erschienen, wie der Sklavenhändler lachend erklärte. Dabei durchsuchten sie die abgelegte Kleidung und fanden natürlich die Münze, die Mia mir gegeben hatte. Traurig zuckte sie die Schultern, als ich wieder neben ihr im Wagen saß.

Dann ging die Fahrt weiter.

Wir konnten nicht sehen, was vor uns lag, aber da die Anzahl der Gebäude am Straßenrand zunahm, näherten wir uns wohl einer Stadt. Nach einiger Zeit durchfuhren wir das Stadttor und dann ein Gewirr enger Gassen, in dem die Soldaten nicht immer neben uns reiten konnten, und das zahlreiche Fluchtmöglichkeiten bot.

Ich flüsterte Mia zu, ob sie sich zutrauen würde, mit mir zu türmen, wenn es mir gelänge, einen der hölzernen Käfigstäbe herauszubekommen, doch sie schüttelte nur niedergeschlagen den Kopf.

»Mein Vater meinte, es wäre am besten, erst einmal ein braver Sklave zu sein, bis man mir so weit trauen würde, dass ich bessere Fluchtmöglichkeiten bekäme als diese hier«, sie wies mit der Hand auf den Haufen zusammengepferchter Bauernkinder aller Altersklassen.

Ich verstand und nickte stumm. Es war mir lieber so, denn ich hatte große Angst, dass etwas schiefgehen könnte. Wenn Mia bei der Flucht stolpern würde, könnte ich sie ja nicht zurücklassen …

Schließlich hielt der Wagen an. Wir befanden uns auf einem großen, nein, einem gewaltigen Markt. Größer, als ich es je gesehen hatte und viel schöner.

Ich sah staunend aus dem Wagen und blickte mit offenem Mund auf die wunderschöne Stadt. Das musste Athen sein. Unglaublich viele Menschen liefen auf dem Markt herum, dicht an dicht, manche trugen Bauernkleidung, andere edle Roben, prunkvolle Kleider oder waren in Begleitung von Dienern oder Sklaven – das konnte man nicht so genau erkennen –, die ihre Umhänge hochhielten oder Baldachine zum Schutz vor der Sonne über ihren Köpfen balancierten.

Ich sah in der Mitte des Platzes, auf dem wir standen, einen riesigen Brunnen voller verschiedener Blumen und Seerosen. Der Platz wurde von großen Häusern gesäumt, von denen einige weit in den Himmel hinaufreichten. In der Ferne konnte man einen riesigen Tempel mit Säulendach erkennen, weiter hinten noch einen.

Jetzt fielen meine Blicke wieder auf die Stände des Marktes. Es herrschte Hochbetrieb. Händler versuchten, ihre Waren zu verkaufen –Tongefäße, Stoffe, Lederwaren, Sandalen, Kleider, Wein, Öl, Hühner und Gänse – und da waren auch welche, die auf einem Podium Sklaven verkauften.

Mein Blick blieb an den Sklaven hängen, die dort angeboten wurden wie wenige Schritte weiter ein gegerbtes Ziegenfell. Doch am schlimmsten war, als ich erkannte, dass die Sklaven sich selbst darboten wie überreifes Obst, lächelten, sich nach Anweisung der Käufer drehten, sich in den Mund schauen ließen … es war ekelerregend. Was hatte man ihnen angetan, dass sie sich so benahmen?

Dann bemerkte ich Mias Blick, der an den Rand des Standes gewandert war, wo die übrigen Sklaven wohl auf ihren Auftritt warteten - sie starrten ins Leere, ihre Körper waren abgemagert. Um sie herum schlichen finstere Gestalten, grausam wirkende Männer, die offensichtlich feilschten, um möglichst wenig bezahlen zu müssen. Sie interessierten sich nicht für diejenigen, die sich oben auf der Bühne ins Zeug legten, um das Interesse der *normalen* Kunden zu erregen, nein, sie wollten die, die übrig blieben, die billig zu haben waren.

Es lief mir eiskalt den Rücken herunter, als ich erkannte, warum die Menschen sich geradezu anbiederten: Sie wollten von Menschen gekauft werden, nicht von Bestien.

Mia und ich waren entsetzt. Wir würden auch so enden, dachten wir traurig. Dabei musste ich an Mutters Worte denken, die mir auf dem Markt erst unlängst versichert hatte, mir würde das Leid der Sklaverei nie widerfahren.

Nun sah ich den Sklavenhändler, der uns hergebracht hatte. Er unterhielt sich mit einem Mann an dem Verkaufsstand. Dieser sah interessiert zu uns herüber und sprach kurz mit einem anderen, dann kam er.

»Schau dir diese prächtige Ware an, frisch vom Lande. Aiolos lässt sie verkaufen, weil ihre Familien ihre Abgaben nicht gezahlt haben«, hörte ich, als sie vor uns standen.

Mir wurde übel vor Zorn über diese dreiste Lüge, doch ich hielt den Mund, sagte nichts. Ich wollte nicht riskieren, an bösartige Käufer verscherbelt zu werden. Das durfte auf keinen Fall passieren!

Der Fremde nickte und winkte in Richtung seines Standes. Dann ging er mit dem Athener, der uns hergebracht hatte, weg. Ich war froh, dass ich von den Verhandlungen über unseren Preis nichts mitbekommen würde.

Schon erschienen einige Männer mit Ketten und

Handeisen. Nacheinander mussten wir unter Aufsicht der Soldaten aus dem Käfig klettern und uns die Eisen anlegen lassen, die uns miteinander verbanden wie Ochsen, die zum Markt getrieben wurden.

Mir fiel auf, dass die Leute, die uns in Ketten legten, fast genauso eingeschüchtert waren wie wir. Ob das auch Sklaven waren? Sklaven ohne Ketten, die andere in Ketten legten? Mir schwirrte der Kopf bei dem Gedanken.

Als alle aneinandergekettet waren, mussten wir im Gänsemarsch zu dem Stand gehen. Dabei blieben wir immer wieder abrupt stehen, wenn vor unserem Trüpplein jemand vorbeiging, denn wir mussten wohl jedem den Vortritt lassen – eben allen, die nicht in Ketten lagen.

Ich wollte schreien, wollte den Leuten verkünden, dass wir freie Menschen waren wie sie auch, doch ich war mir sicher, dass mir das nur Schläge eingebracht hätte und sonst nichts. Wer einmal in Ketten ging, dem konnte man doch nicht mehr glauben …

Als wir hinter dem Verkaufsstand angekommen waren und von den elenden Gestalten umringt wurden, die wir vom Wagen aus schon gesehen hatten, wurde uns ganz flau im Magen. Wir sahen die wund gescheuerten Hand- und Fußgelenke und es war klar, dass diese Leute ihre Eisen schon lange trugen. Bei einigen sah man Narben auf den Schultern und im Nacken, der Rest ihres Körpers war von der schmutzigen Kleidung verdeckt, die sie trugen, aber ich war mir sicher, dass das die Folgen von Peitschenhieben waren, davon hatte ich bereits gehört. Ob sie weggelaufen waren? Das würde auch erklären, warum sie die Eisen immer tragen mussten.

Mir wurde wieder übel. Meine Hoffnung auf eine baldige Flucht begrub ich erst mal. Das musste wohldurchdacht sein, die Konsequenzen waren offenbar fürchterlich.

Der Mann, der uns scheinbar gekauft hatte, kam nun und betrachtete uns eingehend.

»Die Älteren zuerst«, sagte er und zeigte unter anderem auf Mia und mich.

Unsere Handeisen wurden gelöst, dafür wurden unsere Hände mit einem Strick gefesselt.

»Da rauf«, sagte man uns und wies auf eine kleine Holzstiege, die uns hinauf aufs Podium bringen würde.

Beklommen sahen wir uns an und gingen einer nach dem anderen die Treppe hinauf.

»Hier haben wir Frischfleisch!«, rief der Sklavenhändler nun und strahlte übers ganze Gesicht. »Im Auftrag von Herrscher Aiolos bieten wir hier kräftige junge Arbeitssklaven für Feld und Haushalt an. Seht her, sie sind wohlerzogen und bei bester Gesundheit!«

Unfähig, uns zu bewegen, standen wir eingeschüchtert da. Wir flehten sicher alle zu den Göttern, sie mögen uns diese Qual ersparen und aus diesem Albtraum erwachen lassen.

Obwohl ich wusste, dass wir besser gute Miene zum bösen Spiel machen sollten, brachte ich es nicht fertig, mich anzubiedern oder auch nur zu lächeln, so fanden andere mehr Interesse, und schon waren wir nur noch zu acht.

Die Menge unter uns kam in Bewegung, von der Seite her näherte sich ein Trupp Soldaten, die eine Sänfte eskortierten. Als sie vor dem Stand waren, erkannte ich Aiolos, der einen Blick auf seine Ware werfen wollte, wie es schien. Selbstgefällig lächelnd, war er scheinbar zufrieden mit dem, was er sah. Er winkte den Sklavenhändler heran, tuschelte kurz mit ihm, dann verfinsterte sich sein Blick und er sagte dem Mann etwas, das diesen augenblicklich bleich werden ließ.

Hastig kam der Sklavenhändler zurück zum Stand und nannte dem Interessenten, der gerade einen Jungen aus meiner direkten Nachbarschaft kaufen wollte, einen viel höheren Preis als für diejenigen, die bisher verkauft wurden.

Der Kunde schüttelte den Kopf und ging.

Da schwang sich Aiolos aus der Sänfte und kam zum Stand herüber. Die Menschen um ihn herum gingen hastig in die Knie, als sie ihn sahen, auch der Mann, der gerade den Stand verlassen wollte.

»Ist dir der Sklave aus meinem Bestand nicht gut genug?«, zischte Aiolos.

Der Mann, kniend und den Kopf geneigt, bemerkte zunächst nicht, dass er gemeint war. Da riss ihn ein Soldat am Haar halb in die Höhe, sodass er den Herrscher mit aufgerissenem Mund und in den Nacken gebeugtem Kopf anstarrte.

»Doch, Herr! Natürlich, Herr! Ich kann mir den Preis nur nicht leisten, Herr!«

Aiolos starrte ihn aus kalten Augen an, winkte dem Sklavenhändler, der daraufhin mit dem Jungen vom Podium stieg und zu ihm kam.

»Über den Preis werdet ihr euch sicher einigen«, sagte er leise, drehte sich um und ging.

Die Umstehenden, die sich das Spektakel auf keinen Fall entgehen lassen wollten und allesamt aufgestanden waren, um besser sehen zu können, gingen nun eilig wieder in die Knie, doch einige waren zu langsam, sodass die Stöcke der Soldaten sie trafen und der eine oder andere statt zu knien am Boden lag.

Aus dem Tross des Herrschers löste sich ein rundlicher älterer Mann mit Glatze und trat ans Podium heran. Er blieb vor Mia stehen, sah zu Aiolos zurück, und als dieser huldvoll nickte und mit der Hand wedelte, besah der Glatzkopf sich Mia näher.

Sein Gesicht wurde durch eine knollige Nase, einen schmalen Mund und finstere kleine Schweinsäuglein gezeichnet, wobei die vielen Falten auf seiner gewölbten Stirn den Eindruck eines grobschlächtigen Scheusals nur noch verstärkten. Er hatte ein prächtiges Gewand an, goldbestickt und mit Perlen und Edelsteinen besetzt, und an den Fingern trug er so viele goldene Ringe, dass er sie kaum noch bewegen konnte.

Als Mia ihn erblickte, wurde sie auf einen Schlag ganz bleich und ihre Hände begannen heftig zu zittern. Sie starrte den Mann mit zusammengebissenen Zähnen an, während ihr Schweißtropfen über die Stirn liefen.

Er griff Mia an die Hüfte und drehte sie hin und her, um sie zu begutachten. Mia bewegte sich nur schwerfällig unter seinen Handgriffen und starrte auf den Boden, ohne zu lächeln. Das machte den Sklavenhändler wütend und er zischte ihr ins Ohr: »Gib dir gefälligst etwas Mühe, sonst lässt der Herrscher uns allen die Haut abziehen!«

Mia zuckte zurück. Er hatte so laut gezischt, dass seine Worte bis zu mir herübergedrungen waren. Auch der dicke Glatzkopf hatte es mitbekommen und grinste unverschämt.

Er fasste Mia nun ans Bein und drückte dieses kräftig. Mia drehte sich weg. Da hob der Mann die Hand, als wolle er sie schlagen, doch ich stellte mich rasch dazwischen. Im Gegensatz zu Mia setzte ich mein strahlendstes Lächeln auf und sah dem Mann freundlich ins Gesicht, auch wenn es mir dabei den Magen umdrehen wollte.

»Die gefällt mir, ich nehme sie!«, grinste der nun finster.

Aiolos nickte dem Sklavenhändler zu, der daraufhin Mia mit einem Ruck vom Podium hob. Der Dicke nickte nur mit dem Kopf, und schon kamen zwei Bedienstete an – bestimmt auch Sklaven von ihm – und brachten Mia fort. Ich sah, wie einer von ihnen ihr die Hand auf den Mund presste, weil sie schreien wollte. Ängstlich sah er sich dabei um – keine Frage, er wollte Mia schützen, in-

dem er sie daran hinderte, eine unerfreuliche Szene zu machen.

Ich musste schlucken und Tränen schossen mir in die Augen, doch ich riss mich zusammen und rief dem Mann hinterher: »Oh Herr, wer seid Ihr, bitte?«

Dieser wandte sich verblüfft um: »Wieso willst du das wissen, Abschaum?«

Ich biss mir auf die Lippen: »Ich will nur wissen, welche Ehre mir entgangen ist, dass Ihr nicht mich kauftet, o Herr.«

Er lachte: »Ich bin Minas, der Herrscher über Sparta!«

»Oh Herr! Minas, Herrscher über Sparta! Erweist einem einfachen Sklaven die Ehre! Bitte kauft mich! Ihr werdet keinen besseren Diener finden als mich!«, rief ich und bemühte mich, meiner Stimme einen unterwürfigen Klang zu geben.

Minas sah mich irritiert an. Vermutlich war ihm klar, worum es mir ging, doch er wollte vor all den Leuten offenbar nicht geizig wirken und rief schließlich gnädig: »Nun, den besten Sklaven Athens kann ich natürlich nicht einfach stehen lassen!«

Er winkte dem Sklavenhändler, der mich fast schon zärtlich vom Podium hob und Minas Bediensteten übergab.

»Wenn das nur alle meine Sklaven so halten würden«, sagte er grinsend.

Die Umstehenden starrten mich verblüfft an und ihre fragenden Gesichter begleiteten mich, als ich von den

Bediensteten weggeführt wurde. Vermutlich hätten sie es eher verstanden, wenn mein Käufer eine wunderschöne Frau gewesen wäre – so schön wie Mia.

Ich wurde zu einer stattlichen Kutsche gebracht, die mit einem Baldachin überspannt war. Mia saß bereits darin und sah mich dankbar an.

Die Kutsche war unglaublich, so etwas Wunderschönes hatte ich noch nie gesehen: Sie war weiß angemalt, mit Gold verziert, und die riesigen Räder waren mit Silber beschlagen. Mit silbernen Lettern stand *Minas* darauf und auch von innen war alles unglaublich edel, die Seiten mit rotem Tuch bespannt, die Sitzbänke mit Pelz bezogen und in der Mitte befand sich ein schöner, geschnitzter Tisch, auf dem eine Schale mit Früchten stand, bei deren Anblick mir das Wasser im Mund zusammenlief.

Mia und ich kauerten dicht nebeneinander, die Füße waren wieder in Ketten gelegt worden, dafür wurden die Stricke gelöst.

Nach einer Weile kam auch Minas, kletterte etwas mühsam in die Kutsche, was ihn heftig atmen ließ, und lümmelte sich auf die Bank uns gegenüber.

»Du, bester Sklave von Athen, füttere mich mit Trauben!«

»Jawohl, mein Herrscher!«, sagte ich sanft und kroch auf Knien um den Tisch in der Mitte herum. Ich hielt die ganze Traube so über Minas' Mund, dass er jeweils eine bequem mit dem Mund abreißen konnte. Dabei musste ich immer genau darauf achten, wann er die nächste Traube wollte, damit ich ihn mit den anderen nicht beim Kauen störte.

Mia sah dabei stumm zu und senkte immer den Kopf, wenn Minas sie mit einem bösen Lächeln betrachtete. Die beiden machten auf mich den Eindruck, als würden sie sich schon länger kennen, aber das konnte doch nicht sein …?

In mir erwuchs ohne ersichtlichen Grund ein abgrundtiefer Hass auf Minas, doch ich verbarg ihn in meinem Herzen und ließ ihn sich nicht auf mein Gesicht stehlen; ich lächelte fein und war bemüht, Minas keinen Grund zu geben, sich von mir zu trennen.

Die Reise dauerte zwei Tage, in denen wir uns mit dem begnügen mussten, was Minas an Essen übrig ließ – was nicht besonders viel war. Die Nächte verbrachten wir mit den anderen Sklaven in einem einfachen Zelt, während für Minas eine wahrhaft königliche Unterkunft aus einem Holzgestell und zahllosen Teppichen errichtet wurde – weniger ein Zelt, als vielmehr ein handgewebter Palast. Die Fußfesseln hatte man uns inzwischen wieder abgenommen. Tagsüber fuhren wir mit Minas in der offenen Kutsche und fütterten ihn oder sahen ihm beim Schlafen zu. Auf Konversation legte er offenbar wenig Wert.

Als wir Sparta erreichten, ertönte, kaum dass die Silhouette der Stadt am Horizont erkennbar war, ein Horn, das die Rückkehr des Herrschers ankündigte. Wir waren wohl von einem Wachposten gesehen worden. Ich konnte mir vorstellen, dass Minas sehr ungehalten wurde, wenn man sein Eintreffen nicht rechtzeitig bemerkte, denn er war unglaublich eitel und selbstgefällig.

Minas drehte sich nun zum Fahrer um, neben dem ein weiterer Sklave auf dem Kutschbock saß, und gab diesem ein Zeichen. Er bekam zwei Schlingen ausgehändigt, aus mit Goldfäden durchwirktem Seil gebunden.

»Legt euch die um den Hals«, sagte Minas und warf sie mir in den Schoß.

Verwirrt tat ich es und legte erst Mia und dann mir die Schlinge um. Ich zog sie nicht zu, was Minas mit spöttischem Blick registrierte.

Die Stadt war nicht bewacht, eine Stadtmauer sah ich auch nicht. Waren die Spartaner so arrogant anzunehmen, dass sie das nicht nötig hatten?

In der Stadt selber waren die Straßen bereits geräumt, sodass wir freie Fahrt hatten, bis wir zum Palast kamen: Er war riesig, mit weißen Säulen, auf denen Götterbilder eingraviert waren. Eine gepflasterte Straße führte zum Eingang, links und rechts davon leuchteten herrliche Blumen und in der Mitte befand sich ein gewaltiger Brunnen, auf welchem die Göttin Aphrodite stand, aus Stein gemeißelt, die einen Spiegel in der Hand hielt, um sich darin zu betrachten.

Vor dem Eingang des Palastes standen zwei Diener oder Sklaven, die sich beim Anblick des Herrschers auf den Boden warfen.

Minas stieg mit hoch erhobenem Kopf aus, fasste Mia und mich an den Seilen und schritt mit uns die Stufen zum Palast empor.

Ich hatte noch nie in meinem Leben so etwas Wundervolles wie dieses Bauwerk gesehen, doch wollte ich solche Besitztümer für mich gar nicht haben; ich fand das Bauernleben mit meinen Eltern gut. Vater pflegte immer zu sagen: »Zu viel macht krank.« Ich konnte als Kind mit diesen geheimnisvollen Worten nicht viel anfangen, aber jetzt war ich mir ziemlich sicher: Dieser Minas hatte so viel und doch hatte er immer schlechte Laune – wieso? Weil er zu viel hatte!

Minas führte uns am Strick durch den Palast, wobei Mia und ich alles mit offenem Mund und großen Augen betrachteten – alles war so groß, so schön ... das waren wir nicht gewohnt, es war einschüchternd. Doch immer wenn wir stehen blieben, um etwas zu betrachten, riss Minas an den Seilen und die Schlingen zogen sich jedes Mal enger.

Minas führte uns durch den riesigen, mit Säulen geschmückten Eingang. Der Boden bestand aus Mosaikstücken, die eine Geschichte zu erzählen mochten, die Kapitelle, die verzierten oberen Teile der Säulen, waren wahnsinnig aufwendig gearbeitet, an den Wänden waren wieder Götterbilder eingraviert und die Decken verbanden sich in schwungvollen Bögen mit den Säulen. Der Raum wurde durch große, wunderschöne Pflanzen geschmückt, die ich noch nie zuvor gesehen hatte. Und in der Luft lag ein süßer Blütenduft. Das übertraf meine kühnsten Vorstellungen von einem Palast, so märchenhaft wurde es in keiner Erzählung und keinem Lied beschrieben. Es war einfach überwältigend.

Wir gelangten zum Innenhof des Herrscherpalastes. Dort war ein kleiner Verschlag.

Minas sah mich an. »Sklave, du wirst hier mit den anderen schlafen! Beeil dich, der Platz ist begrenzt und wir wollen ja nicht, dass der beste Sklave Athens draußen schlafen muss!«, sagte er spöttisch.

Dann drehte er sich um und ging mit Mia in den Palast zurück, die sich mit vor Entsetzen geweiteten Augen zu mir umdrehte.

Ich sah mich um, mein Blick glitt über den Innenhof. Hinter mir befand sich der übermäßig große und prunkvolle Palast des Herrschers, vor mir, auf der rechten Seite, lag der enge und bei näherem Hinsehen nicht sehr gepflegte Verschlag der Sklaven; wenige Meter daneben reihten sich einige Gebäude aneinander, die vielleicht für die höhergestellten Bediensteten da waren. Neben ihnen waren Statuen, Obelisken und gewaltige Findlinge zu sehen. Dahinter schien sich ein freies Feld zu erstrecken.

Niemand war zu sehen, sogar die Wächter des Herrschers waren ihrem Herrn in den Palast gefolgt.

Das war die Gelegenheit, zu flüchten.

War das die Chance, die sich nur einmal bieten würde? Oder war es ein Test? – Ich konnte mir beim besten

Willen nicht vorstellen, dass man die Sklaven hier einfach unbewacht sich selbst überließ. Vielleicht wartete hinter der Ecke schon eine Reiterschar, die sich mit Vergnügen über jeden Flüchtling hermachen würde …

Es war besser, erst mal abzuwarten. Und letztlich war ich ja hier, weil ich Mia nicht mit dem bösartigen Minas allein lassen wollte.

Also ging ich schweren Herzens zu dem Verschlag, klopfte und öffnete die Holztür …

Ich starrte in einen dunklen Raum; die Umrisse einiger Männer waren erkennbar. Dann hörte ich jemand in der Dunkelheit sagen: »Noch einer?« Es klang nicht wirklich überrascht, aber frustriert, mitleiderregend.

»Mein Gott, dieser Tyrann! Das ist ja noch ein halbes Kind!«

Meine Augen gewöhnten sich an die Dunkelheit in dem fensterlosen Verschlag und ich sah unzählige ausgemergelte Körper, die auf dem Boden kauerten. Die meisten hatten nur ein Paar Fetzen an, sie waren staubbedeckt und wirkten zerschunden – sie mussten wohl sehr hart arbeiten.

Je besser ich sehen konnte, desto schockierender war das Elend, das mir entgegenschlug; einige Sklaven waren schon so alt und gebrechlich, dass sie aussahen, als könnten sie jeden Moment sterben. Würde ich auch einmal so enden?

Die Sklaven rückten ein bisschen zusammen, sodass

ein Fleck in ihrer Mitte frei wurde. Ich trat ein und setzte mich zu ihnen – was blieb mir übrig?

»Ich bin Mios aus Fridos«, sagte ich schüchtern.

»Ich heiße Silas«, begrüßte mich einer der Männer, die mir am nächsten saßen. Er zeigte mit dem Finger auf die anderen Männer: »Ramses, Petrus, Partikoleus, Erphydos, Linos und Spyridon.«

»Wer ist Linos?«, fragte ich und hätte am liebsten losgeheult.

Ich sah in die Menge, da hob einer die Hand: »Ich bin Linos. Was ist denn mit mir?«

Vater hatte gesagt, ich sollte bei Linos Zuflucht suchen – war es dieser? »Ich heiße Thymios und wohnte in Fridos. Meine Eltern sind Bauern, ich bin der Sohn von Anatolios und Argia!«

Linos' Augen begannen sich zu weiten. Er kroch durch die sitzenden Leiber zu mir und umarmte mich mit Tränen in den Augen. »Mein Vater kannte den Vater Anatolios sehr gut. Als dann der Krieg kam, flüchtete mein Vater, während dein Großvater sich dem Krieg in Fri…« Linos stockte. »Nun … irgendwann lernte ich dann deinen Vater in Messene kennen.«

Ich sah Linos fragend an. »Mein Großvater hat gekämpft? Aber wo?«

Linos schüttelte erschöpft den Kopf. »Versuch jetzt, Schlaf zu finden, es wird eine kurze Nacht!« Dann legte er sich auf den Boden, während ich immer noch mit offenem Mund dastand.

Ich konnte mir die letzten Sekunden einfach nicht erklären. Es waren einfache Sätze, die Linos von sich gegeben hatte, doch irgendwie kamen sie mir so fremd vor. Und auch Großvater kam mir in diesem Moment fremd vor.

7

Ich erwachte durch lautes Geschrei. Peitschen knallten. Ich wurde hochgezogen.

»Aufstehen, Kleiner!«

Das war Silas.

Ich sah Soldaten – Wachen. Sie trieben die Sklaven hinaus. Um mich herum herrschte wildes Getrappel, keiner wollte die Peitsche zu spüren bekommen.

Als ich ins Freie stolperte, bekam ich einen Schlag in den Rücken.

»Du da!«, brüllte eine der Wachen. »Du bist der Neue? Wo sind deine Fußeisen?« Er lachte dreckig. »Wieso bist du denn noch hier? Komm her, du brauchst doch Fußeisen, damit du nicht wegläufst.« Er lachte wieder. »Das hat der Idiot, der dich gestern brachte, wohl vergessen.«

»Minas brachte mich her«, sagte ich.

Ich bekam einen Tritt in den Bauch und stürzte. »Halt den Mund, sonst stopfe ich ihn dir!«

Das Eisen war sehr eng. Als es zusammengebogen wurde, schnitt es in meinen Fuß. Ich biss mir auf die Lippen, der Schmerz war unerträglich. Dann bekam ich einen

Tritt und torkelte zu den anderen Sklaven, die in einer langen Reihe zum Feld marschierten.

Linos war hinter mir. Er schnaubte kurz und flüsterte: »Denk an etwas Schönes, Mios, an früher!«

Ich befolgte seinen Rat und es half ein wenig, ich dachte an das wunderbare Brot von Mutter, an die gute Laune von Vater und an meine schöne Kindheit.

Ach … *früher* … eigentlich ein ganz normales Wort, doch jetzt hatte es eine völlig neue Bedeutung für mich: Es war wie eine Erinnerung, die schon unendlich viele Jahre zurücklag, die ich nie aufholen könnte.

Ich wollte die Hoffnung nicht verlieren, so wie es Vater mir gesagt hatte, doch ich konnte mir nichts vormachen: Ich würde meine Jugend als Sklave verbringen. Vater hatte immer gesagt, die Jugend sei das Schönste, was man erleben kann, und man solle sie stets genießen. Früher hatte ich mir nie etwas dabei gedacht. Inzwischen wusste ich, wie recht Vater hatte, doch jetzt war es zu spät. Meine Jugend war verloren, wenn nicht gar mein ganzes Leben.

Genau so musste es Martius gehen, dem Botenjungen aus Fridos mit den krausen Haaren, die ihm immer zu Berge standen. Martius war ein guter Junge. Ich erinnerte mich an die Nacht der Gewitter, als uns Martius voller Angst die Botschaft überbrachte, dass Zeus es auf uns abgesehen hätte. Seitdem er in dieser Nacht durch das Gewitter gelaufen war, war er nicht mehr derselbe, denn ein weißer Zornesschlag von Zeus hatte ihn getroffen und jetzt konnte er nicht mehr klar denken, nein, er lallte nur noch, wenn er sprach. Die Eltern von Martius hatten ein schweres Schicksal zu tragen, denn Schuldgefühle verfolgten sie Tag für Tag: Sie waren es gewesen, die Martius die Arbeit als Botenjunge besorgt hatten, um das Familieneinkommen aufzubessern.

Wie glücklich die Menschen doch früher in Fridos waren, als sie ihre Kinder noch hatten. Wir alle fühlten uns irgendwie verbunden, trotz der Mauer, die die Stadt von Helikios abtrennte. Die Geschichte der Stadt Heldos, aus der Helikios und Fridos hervorgegangen waren, war nicht in Vergessenheit geraten, doch die Menschen sprachen nur selten oder gar nicht darüber, aber vielleicht war ja etwas Wahres an dieser Legende, wie die Stadt zu ihrer Mauer kam. Ich konnte damals ja noch nicht wissen, dass an dieser Legende so viel mehr dran war.

Wir hatten das Feld hinter dem Palast erreicht. In einem Ochsenkarren lagen Werkzeuge, die die Sklaven unter sich verteilten – Wasser oder gar etwas zu essen gab es nicht.

Trotzdem ich mich schon gut mit der Feldarbeit auskannte, spürte ich eine gewisse Unsicherheit. Ich hatte Angst, irgendetwas falsch zu machen und noch mehr fürchtete ich die Wachen, die uns argwöhnisch im Auge behielten.

Schon knallte eine Peitsche über unseren Köpfen und die anderen beeilten sich, mit den Fußketten auf das Feld zu humpeln und mit der Arbeit zu beginnen.

Ich hatte kein Werkzeug bekommen und stand ratlos

da. Da knallte die Peitsche dicht neben meinem Ohr, sodass ich vor Schreck rückwärts taumelte und stürzte.

»Los! Arbeite!«, schrie der Wächter mich an.

»Was soll ich machen? Ich habe kein Werkzeug?«, gab ich ängstlich zurück.

»Dann grabe mit deinen Händen, wenn du bei der Pause auch einen Schluck Wasser willst!«, zischte der Mann.

Ich war erschüttert von dieser Grausamkeit, doch ich wusste noch nicht, dass es in diesem Palast noch viel mehr Grausamkeiten gab - aber das sollte ich bald erfahren!

Wir arbeiteten ohne Nahrung, ohne Wasser – es fühlte sich so an, als würde mein Magen sich zu einem Knoten zusammenziehen, er knurrte ununterbrochen. Ich hatte schon schreckliche Bauchschmerzen. Zudem klebte meine ausgedörrte Zunge am Gaumen. Ich kroch auf allen vieren über das Feld und brach den harten Boden mit einem flachen Stein auf, den ich gefunden hatte. Einen der anderen um sein Werkzeug zu bitten fiel mir nicht ein, den ich war von allen derjenige, der noch am besten beieinander war, die anderen hätten diese Strapaze vermutlich nicht überstanden.

Die Sonne stand schon hoch am Himmel und brannte auf uns nieder. Schatten gab es nicht, der Durst war unerträglich. Mir wurde schwummerig, mein Kopf dröhnte, doch durfte ich nicht aufgeben, denn ich nahm an, mein Leben zählte hier nichts. Minas hatte mich nur

mitgenommen, um sich dafür zu rächen, dass ich mich schützend vor Mia gestellt hatte. Als ich mich während der Fahrt wie verrückt bemühte, ihm ein guter Diener zu sein, muss er sich innerlich vor Lachen gekugelt haben. Für einen Feldsklaven hätte er sicherlich nicht so viel bezahlt, wie Aiolos für seine Ware verlangte – er hatte es aus Vergnügen getan, wurde mir nun klar, und die Sorge um Mia, die in seiner Gewalt war, fraß mich fast auf.

Dann wurde mir schwarz vor Augen. Ich kam zu mir, als einer der anderen Sklaven mich am Arm hochzog.

»Steh auf!«, rief er. »Schnell! Steh auf!«

Ich sah, wie eine der Wachen angelaufen kam, und rappelte mich mühsam hoch. Schwankend stand ich da, als auch schon die Peitsche knallte – noch war der Mann zu weit weg, um mich zu treffen, aber gleich …

»Dratules!«, ertönte Minas herrische Stimme.

Sofort wandte sich der Wächter um und kniete nieder.

»So behandelt man doch nicht unser Personal!«, meinte Minas nun und klang fast ein wenig milde.

Ich war völlig baff, was war denn in den gefahren? Wollte er mich etwa beschützen?

Dratules war ebenso verblüfft wie ich: »Oh Herr, mein Herrscher, edler Minas, ich dachte, so wären die Anweisungen? Habe ich mich, Eure Allmächtigkeit, getäuscht?«

Minas lächelte verschmitzt und sagte mit zusammengepressten Zähnen: »Wir erwarten Besuch vom obersten Rat Spartas, also nimm …«, Minas wedelte angewidert in unsere Richtung, »das Personal und bring es weg!«

Sofort erhob sich Dratules, bellte ein paar Befehle zu den anderen Wachen und schon wurden wir eilig vom Feld getrieben. Die Fußfesseln scheuerten auf der sonnenverbrannten Haut, doch ich gab keinen Ton von mir, gewiss, dass Minas mir nachsah und nur darauf wartete, sich an meinem Schmerz zu ergötzen.

Als die Tür hinter uns verriegelt wurde, ließ ich mich erschöpft zu Boden sinken. Die Luft in dem Verschlag war heiß und stickig, dennoch war es besser, als weiterhin der glühenden Sonne ausgesetzt zu sein.

Linos kam zu mir: »Jetzt hast du aber mal richtig Glück gehabt, Thymios!«

Ich sah ihn aus brennenden Augen an und wusste dieses Glück nicht gebührend zu schätzen, denn ich konnte mir nicht vorstellen, mich noch elender zu fühlen.

Nach einer Weile kam eine der Wachen zu uns und warf uns einen Wasserschlauch hin, dann wurde die Tür wieder verschlossen. Silas übernahm die Aufgabe, das Wasser gerecht zu verteilen. Der letzte Schluck war für ihn.

Ich behielt meine Portion lange im Mund, bevor ich herunterschluckte.

8

Wie ich mir gedacht hatte, war Silas der Anführer der Sklavengruppe, oder vielmehr ein Botschafter, denn *Anführer* konnte man ihn nicht nennen. Wir nannten ihn *den Boten* der Götter, da er immer die Erlösung durch Zeus predigte. Linos hatte ebenfalls Einfluss auf die Sklaven, denn er war liebenswert und hilfsbereit. Auch wenn er todmüde und, wie jeder hier, seelisch wie körperlich gebrochen war, konnte er gut zuhören und versuchte zu helfen – so wie Vater es immer getan hatte.

Wir verbrachten den Tag ungestört im Verschlag und erhielten abends eine weitere Ration Wasser, dazu etwas zu essen – aber gerade genug, um zu überleben, keinesfalls genug, um bei Kräften zu bleiben.

Am nächsten Morgen dann das gleiche Spiel, diesmal war jedoch auch für mich eine Hacke vorhanden, so ganz sollte meine Arbeitskraft wohl doch nicht verschwendet werden.

Die Hacke war allerdings viel größer und schwerer als die, die Vater mir für die Feldarbeit gegeben hatte. Noch vom Vortag entkräftet, bekam ich sie kaum hoch. Doch meine Angst, von den Wächtern ausgepeitscht zu werden, war zu groß. Also nahm ich all meine Kraft zusammen, hob die Hacke über den Kopf und ließ sie auf den verkrusteten Boden krachen. Dann hob ich sie wieder an, ließ sie fallen …

So machte ich es für eine ganze Weile, doch mit jedem Mal wurden meine Arme weicher, konnte ich die Hacke weniger hochheben, schließlich reichte es nicht mehr aus, um etwas zu bewirken, ich rührte nur noch die in der Hitze flimmernde Luft um. Ich kämpfte verzweifelt, versuchte die Arme noch einmal zu heben, doch es gelang mir nicht.

Ich hatte panische Angst, dass die Wächter meine Schwäche bemerkten und tat so, als würde ich arbeiten, doch wohl nicht überzeugend genug, denn schon kam Linos zu mir, der mich offenbar im Auge behielt. »Geh zum Ochsen, bevor die Wachen kommen! Schnell!« Er nickte dem Mann, der den Ochsen mit dem Pflug führte, zu.

Ich lief so schnell ich konnte zum Ochsen, wobei die Ketten über den harten Boden klirrten. Der Sklave gab mir den Riemen in die Hand, der dem Ochsen um den Kopf gebunden worden war, und nahm mir die Hacke ab. Während er eilig meinen Platz einnahm, zog ich den Ochsen am Riemen weiter.

Die Wachen hatten mit argwöhnischen Blicken alles beobachtet, aber schritten nicht ein. Es war für sie wohl einfacher, es den Sklaven zu überlassen, wer gerade den

Ochsen führen durfte, so brauchten die Wachen nicht selber darauf zu achten, wer es gerade am nötigsten hatte.

Den Ochsen über das riesige Feld zu zerren war allerdings auch nicht gerade eine leichte Aufgabe. Der Ochse kannte mich noch nicht und wollte wohl erst einmal herausfinden, ob ich ihm überhaupt gewachsen war. Er blieb einfach stehen und ließ sich kein Stück weiterbewegen. Ich zog und zerrte an dem Riemen, doch vergeblich. Verzweifelt sah ich zu den Wächtern hinüber, die mich beobachteten. Noch amüsierten sie sich über meine sinnlosen Bemühungen. Eine Träne rollte mir über die Wangen und noch einmal zog ich den Ochsen am Riemen, doch es half nichts.

Nun marschierte Dratules auf mich zu. Er schlug mir mit dem Peitschengriff auf den Kopf, grinste und lachte schließlich dreckig. Es war ein böses Lachen, voller Schadenfreude. »Der Sklave hier ist zu schwach, um einen Ochsen zu ziehen!«, rief er höhnisch. Die anderen Wachen lachten und zeigten mit den Fingern auf mich.

»Ich erkläre dir nun die Regeln!«, zischte Dratules und schlug mir wieder den Peitschengriff an den Kopf. »Aber nur einmal!« – Dann schlug er mir seine Faust ins Gesicht.

Alles um mich drehte sich, dann stürzte ich zu Boden, lag mit dem Gesicht im ausgetrockneten und harten Dreck des Feldes. Ich schloss die Augen und konnte den glühenden Schmerz im Kiefer spüren, er fühlte sich an wie ein Feuerball. Dratules trat mich und ich versuch-

te, wieder auf die Füße zu kommen, doch es gelang mir nicht.
Nach ein paar weiteren Tritten zerrte Dratules mich brutal hoch, schüttelte mich und drückte mir den Riemen in die Hand: »Jetzt versuch es noch einmal!«, sagte er mir mit drohend erhobener Peitsche.

Ich zog an dem Riemen und der Ochse setzte sich tatsächlich in Bewegung. Ob er Mitleid hatte oder einfach nur von Dratules eingeschüchtert war? Ich wusste es nicht und es war mir auch egal, Hauptsache, Dratules ließ mich in Ruhe.

Als er sich wieder zu den anderen Wachen gesellt hatte, versuchte ich, die pochende Stelle an meinem Kiefer zu ertasten, doch der Schmerz war zu groß. Stattdessen fasste ich mir an den Hals, der sich plötzlich feucht anfühlte, und hatte Blut an der Hand.

Linos und Silas warfen mir traurige Blicke zu, aber ihr Mitleid nutzte mir nichts. Während ich den nun folgsamen Ochsen langsam über den Acker führte, versenkte ich mich wieder in Erinnerungen an früher, doch diese Tagträume brachten nur eine leichte Linderung.

Vater pflegte oft zu sagen: »Dein Onkel Lutius, der lebt immer nur in der Vergangenheit, seit seine Frau gestorben ist. Jetzt ist er alt und kann seine Vergangenheit nicht zurückholen. Denk an meine Worte, Thymios!« Ich hatte das damals nicht verstanden, doch jetzt ergaben diese Worte plötzlich einen Sinn. Es war, als wäre mir ein Licht aufgegangen, ein helles Licht in dieser Finsternis, in der ich mich befand. Mich in der Vergangenheit zu vergraben, um mich von meinem Schicksal abzulenken, mochte etwas Linderung bringen, doch es brachte mich nicht weiter. An meine Zukunft zu denken, zu überlegen, wie ich hier wegkam, war die einzige Chance, die ich hatte, wenn ich das hier überleben wollte. Ich dachte an Mia und schon durchströmte mich neue Kraft …

Die Sonne stand nun hoch am Himmel und brannte mit voller Wucht auf uns herunter. Mein Körper tat immer noch überall weh, doch aufgeben … dieses Wort kannte ich nicht mehr. Ich durfte die Hoffnung nicht aufgeben, so hatte ich es Vater versprochen – und versprochen war nun mal versprochen. Wenn ich meine Versprechen nicht hielt, wäre ich ja wie Hydra, diese schlangenköpfige Gestalt des Bösen. Hydra brach jedes Versprechen, das machte sie ja zu dem, was sie war, hatte mir Mutter immer gesagt; deshalb hatte sie mir auch streng verboten zu lügen oder Versprechen zu brechen; ich sollte ein tüchtiger Junge werden, so wie es Vater gewesen war.

Ach Vater, mein Held und Beschützer. So oft dachte ich nun an ihn und daran, wie er mich immer sonntags in die Stadt begleitet hatte, wo ich in die Schule ging – die Schule, ein Ort des Wissens. Und doch ein Ort, wo ich nie so gerne hinging, denn die anderen mochten mich nicht. Vom ersten Tag meiner Schulzeit an wurde ich nicht akzeptiert. Vielleicht, weil ich anders war, weil ich gerne lernen wollte, mich für die Astronomie und Menschenkunde interessierte und der Lehrer mich stets lobte. Die anderen ärgerten mich oft, doch Vater hatte immer aufmunternde Worte für mich und brachte mir bei, Ruhe zu bewahren und mich zu wehren, indem ich sie mit meiner Intelligenz schlug. Einmal kam ich jedoch mit geschwollenem Gesicht nach Hause, denn Efstratios, der Größte in der Schule, hatte sich mit mir geprügelt. Ich hatte damals nicht auf Vater gehört und darauf verzichtet, mich mit diesem Efstratios auf ein intelligentes Gespräch einzulassen. Statt ihn mit meiner Intelligenz zu schlagen, hatte ich meine Fäuste benutzt. Doch mein Stolz über den Schlag hielt nur kurze Zeit, dann bekam ich die Prügel mit doppelter Stärke zurück.

»Thymios, was nützen uns Schläge, wenn wir einen Mund haben, um zu reden? Was nützen uns Verletzungen, die wir auch verhindern können?«

Damals hatte ich nur schweigend genickt und zugehört, aber ich hatte mich auch daran gehalten – und was soll ich sagen: Es hatte genützt!

»He, Abschaum«, brüllte eine der Wachen und ich drehte mich um. »In die Reihe, na mach schon!«

Die anderen Sklaven waren schon zum Feldrand gegangen und hatten sich dort aufgestellt. Die Fußfesseln lagen neben ihnen – ich traute meinen Augen nicht! Ich hatte von all dem nichts mitbekommen und war völlig in Gedanken versunken mit dem Ochsen übers Feld gezogen.

Während die anderen bereits unterwegs zum Innenhof waren, wo sie eine Wasserration erhalten sollten, statt wie sonst am Feldrand, hastete ich so schnell ich konnte über den Acker, doch die Fußfesseln scheuerten auf meiner verbrannten Haut, und bei jedem Schritt schoss eine Welle des Schmerzes durch meinen Kiefer, sodass ich nur langsam vorankam.

Am Feldrand hielt mich dann eine Wache auf: »Bleib gefälligst hier, Abschaum! Du wirst deinen Lieblingsschmuck los!«

Mit einem großen Werkzeug bog er meine beiden Fußbänder nacheinander auf. Das Gefühl war unbeschreiblich, es war, als könnte ich fliegen, so leicht fühlte ich mich nun.

Als ich den Innenhof endlich erreichte, war das Wasser schon verteilt. Ich blieb zitternd in der Reihe stehen, sicher, dass ich nun nichts mehr bekommen würde. Ich war so ausgedörrt, dass ich nicht mal mehr weinen konnte, aber gleichzeitig auch unendlich froh, dass ich meine Beine wieder richtig bewegen konnte.

Wider Erwarten gab mir eine der Wachen knurrend einen kleinen Wasserschlauch. Ich trank und trank, während ich Zeus tausendmal dankte.

»Spül dir das Gesicht, Sklave«, herrschte die Wache mich nun an. »Am Ende müssen wir noch den Doktor holen.« Er goss mir mit dem Wasserschlauch über den Kopf und lachte grob, während ich schreiend mit der Hand über meinen Kiefer fuhr.

Als ich keinen Dreck mehr unter meinen Fingern spürte und mein Gesicht schon ganz taub war, war auch der Wasserschlauch leer. Meine Kleidung war völlig durchtränkt, aber das störte mich nicht. Bei dieser Hitze war das geradezu eine angenehme Erfrischung.

Wir wurden wieder aufs Feld geschickt, diesmal nahm ich wieder eine Hacke auf und ließ jemand anders den Ochsen führen.

Um den verlorenen Tag aufzuholen, nahmen wir unser karges Abendmahl am Feld ein und arbeiteten bis weit nach Sonnenuntergang. Der Mond schien und unzählige Sterne zauberten ein wunderschönes Bild an den Himmel. Doch wir Sklaven waren viel zu müde, um diesen Anblick zu genießen, und mein Körper schmerzte so sehr, dass ich mir nur wünschte zu schlafen – zu schlafen, bis ich aus meinem Elend erlöst wäre.

»Aber Wünsche gehen nun mal nicht in Erfüllung«, hatte Onkel Lutius immer gesagt. Damals wusste ich nicht genau, ob er recht hatte oder einfach nur verrückt war, doch jetzt konnte ich mit ziemlicher Sicherheit sagen, dass seine Worte recht weise waren: Wünsche gehen nicht in Erfüllung, man muss sie schon selbst verwirklichen!

»He, Abschaum! Macht schon … in eine Reihe!«

Dieser Ruf, als Erniedrigung gedacht, klang geradezu lieblich in meinen Ohren.

Ich stellte mich, auf die Hacke gestützt, in die sich bildende Reihe. Vor mir stand Linos und hinter mir ein alter

Mann, der so gebrechlich aussah, dass man Angst hatte, er könnte in sich zusammenfallen. Er stand müde auf seinen zitternden Beinen und hielt die für ihn viel zu große Hacke. Als ich ihn ansah, erschrak ich über den Anblick, den der Alte bot, ich konnte es einfach nicht fassen, dass er den ganzen Tag mit diesen Bedingungen überlebt und seine Arbeit getan hatte, ohne zu jammern oder einfach umzufallen. Was war Minas doch nur für ein finsterer Tyrann, dass er einen alten, gebrechlichen Mann als Sklaven hielt. Womöglich war der Mann als Sklave alt geworden, dachte ich und wurde wieder sehr beklommen. Ich widerstand dem Drang, ihn zu fragen, denn vermutlich wollte ich die Antwort nicht hören.

Im Gänsemarsch ging es zurück zu unserem Verschlag. Als wir nacheinander eintraten, bekam ich von Dratules einen heftigen Stoß, sodass ich gegen meinen Vordermann stieß, diesen umriss und die ganze Reihe zu Fall brachte. Die Wachen brüllten vor Lachen. Dann schlossen sie die Tür und ließen uns in der Dunkelheit liegen.

Während ich so auf dem Rücken lag, musste ich wieder an Mia denken … süße Mia … wie es ihr wohl erging? Diese Frage hinderte mich am Einschlafen, bohrte sich in meinen Geist wie ein Speer.

»Ich habe euch nicht alles erzählt«, sagte ich plötzlich in die Stille hinein, »ich bin nicht alleine hergekommen. Ein Mädchen, das mit mir zusammen verschleppt und verkauft wurde, ist auch hier. Als Magd. Sie heißt Mia und ist erst zwölf Jahre alt.« Ich schluckte, während sich ein dicker Kloß in meinem Hals bildete. »Könnt ihr mir helfen, sie zu retten?«

Diejenigen, die noch wach waren, sahen mich entsetzt an. »Ein Mädchen von zwölf Jahren wurde dem Herrscher verkauft?« Silas schüttelte den Kopf.

»Ja, ihr müsst mir helfen!«

Einer brummte: »Wir können uns ja nicht mal selbst helfen.«

Die Männer starrten nun Linos an und nach reiflicher Überlegung sagte dieser matt: »Es geht leider nicht, Thymios, aber wir hätten gern geholfen!« Seine Worte waren so voller Trauer, dass er mir mehr leidtat als ich mir selber.

Meine Augen füllten sich mit Tränen. Ich hatte seit Tagen nichts von Mia gehört und machte mir schreckliche Sorgen. Was, wenn Minas sie umgebracht hatte? Der Gedanke war unerträglich, als würde mir jemand in die Brust greifen, mein Herz packen und es zerquetschen. Ich fing an zu schreien und zu weinen, ich konnte nicht mehr. Ich war so müde. Ich wollte nach Hause, doch das war so weit …

Die Sorge um Mia und meine Schmerzen ließen mich nicht einschlafen, doch träumen konnte ich … von Mia …

»Hallo Mia, ich hoffe du kommst mich abholen für das Festmahl!«, sagte ich und sah sie erwartungsvoll an.

»Ja, natürlich. Würdest du mir bitte folgen?«, antwortete sie strahlend.

Ich nahm ihre Hand und sie führte mich hoch erhobenen Hauptes hinter ihre bescheidene Hütte und machte eine huldvolle Geste, dass ich Platz nehmen sollte.

Ich ließ mich auf den Boden plumpsen und flötete mit hoher Stimme, wie eine alte Frau: »Was haben Küche und Keller denn heute zu bieten?«

Als Antwort hielt mir Mia eine Handvoll Erde unter die Nase. Wir fingen beide an zu lachen.

Ich saß da auf dem Boden, grub meine nackten Füße in den noch kühlen Boden und schnupperte am frischen Morgenwind. Neben mir saß Mia, die mich anstrahlte.

Ach, waren das noch schöne Zeiten, als Mia und ich spielten, wir wären reich und würden zu großen Festen eingeladen. Das hatten wir uns immer gewünscht: reich zu sein, ohne Sorgen, und ein großes Haus zu besitzen. Aber am meisten hatten wir uns gewünscht, immer zusammen zu sein.

***

»Hoch mit euch, Abschaum! Aufstehen!«

Ich starrte aus brennenden Augen zur Tür, alles war verschwommen, mir war schwindelig und ich hatte das Gefühl, mich übergeben zu müssen.

Ich blinzelte noch einige Male und dann, ehe ich michs versah, stand ich wieder auf dem Feld.

Seit ich in Sparta war, betete ich ständig, in der Hoffnung, die Götter könnten mich befreien, in der Hoffnung, das alles wäre nur ein böser Traum. Doch die Götter ignorierten mich, vielleicht weil ich von dem bisschen Brot kein ordentliches Opfer abgeben konnte. Es war jedenfalls kein Traum, dennoch gab ich die Hoffnung nicht auf.

»He! Du! Hol den Ochsen!« Der Wachmann zeigte auf mich.

Ich sah mich irritiert um, aber hinter mir war niemand.

»Glotz nicht so blöd, geh schon!«, geiferte er nun.

»Aber … der Ochse ist … er wird mich … ich kann nicht …«

Ich konnte hier nur überleben, wenn ich die Dinge in die eigenen Hände nahm, und den Ochsen aus dem Stall zu holen, das musste ich dann natürlich auch schaffen, aber andererseits konnte mich dieser Ochse töten.

Ich setzte mich bereits in Bewegung, doch das ging dem groben Kerl nicht schnell genug. Er versetzte mir einen derart heftigen Stoß an die Schulter, dass ich stolperte. Er riss mich am Arm hoch, zog mir den Griff seiner Peitsche über den Schädel und stieß mich wieder vorwärts, diesmal allerdings behielt ich das Gleichgewicht.

»Na also«, knurrte er und trieb mich mit weiteren Stößen vor sich her.

Als wir vor dem Stall standen, riss der Mann die Tür auf und schob mich hinein.

»Mach das Gatter auf, du halbe Portion«, hörte ich den Wächter höhnisch sagen.

Da stand er, der Stier, und starrte mich an. Seine Hörner waren abgesägt, aber er konnte mich immer noch zertrampeln, wenn er wütend wurde. Was sollte ich machen, wenn er herausgestürmt käme? Ich war völlig entkräftet und viel zu langsam, um ihm auszuweichen. Also stellte ich mich neben die Tür und presste mich an die Wand, dann öffnete ich vorsichtig die halbhohe Holztür und hielt die Luft an.

Der Wachmann bog sich vor Lachen, als der Ochse lammfromm und ganz gemütlich aus seinem Verschlag herausspazierte. Ich nahm den Riemen, der an einem Haken hing, und ging um den Ochsen herum, der bereitwillig stehen blieb, als ich ihm den Kopf tätschelte. Dann legte ich ihm den Riemen um und band ihn zusammen.

Da schlug der Wachmann sein Schwert gegen die Stallwand, dass es nur so krachte. Der Kopf des Ochsen ruckte nach oben und ich sprang in Todesangst beiseite, in Erwartung, dass der Ochse nun durchdrehen und austreten würde. Doch das Tier schüttelte nur kurz den Kopf und sah mich dann mit müden Augen an, als wollte er sagen: *Bringen wir es hinter uns.*

Der Wachmann lachte Tränen, als ich dem Ochsen zum zweiten Mal den Riemen umband, und konnte sich überhaupt nicht mehr beruhigen. Er kicherte noch, als ich dem Ochsen auf dem Feld das Pfluggeschirr anlegte.

Als ich ihn dann am Riemen führte, brauchte ich

überhaupt nicht groß zu ziehen, er setzte sich schon auf leichten Zug hin in Bewegung.

Die anderen starrten verwundert zu mir herüber, so bereitwillig hatten sie den Ochsen wohl noch nie arbeiten sehen.

Als die Sonne hoch am Himmel stand und die Luft über dem staubigen Acker flimmerte, konnte ich es kaum noch erwarten, etwas zu trinken zu bekommen. Ich war völlig übermüdet und kraftlos, lief apathisch neben dem Ochsen her, der immer langsamer geworden war. Ich dachte, dass auch der Ochse etwas trinken sollte, und lief zu der Tränke, die am Feldrand stand. Es war uns Sklaven natürlich streng verboten, aus dem ekligen Trog zu trinken, aber zu meiner Bestürzung war er leer. Wenn ich mich recht erinnerte, hatte ich auch gestern nicht bemerkt, dass jemand das Tier getränkt hatte. Im Stall war mir auch kein Wasser aufgefallen. Ob das wohl vergessen worden war? Einfach so? Wie lange hatte das Tier schon nichts mehr getrunken?

Ich ging so schnell ich konnte zurück zu dem Ochsen und zog an seiner Haut – das hatte mir Vater beigebracht und so hatte ich immer geprüft, ob unser eigener Ochse genug trank; wenn die Haut sich nicht sofort zurückzog, sondern nur ganz langsam, war das Tier ausgetrocknet. – Die Haut blieb genau so, wie ich sie gezogen hatte, als wäre dort ein kleines Horn gewachsen: Der Ochse war völlig ausgetrocknet!

Ich wollte zu den Wachen laufen, damit sie mir Wasser für den Ochsen gaben, doch da drückte er gegen mich. Ich torkelte erschrocken ein paar Schritte zurück und schon kippte er vollends um, riss den ganzen Pflug mit sich – ich konnte nur mit knapper Not beiseite trippeln und wegspringen, sonst hätte er mich unter sich begraben.

Hatte mich die Angst, der Ochse könnte mich zerquetschen, am Morgen noch fast gelähmt, war sie nun wie weggeblasen. Während ich die Wachen heranstürmen sah, legte ich dem großen Tier meine Hand auf die Brust, doch da war nichts mehr. Ich sah ihn an und die verdrehten Augen machten mir klar, dass hier jede Hilfe zu spät kam. Der Ochse war tot. Gestorben, weil er in der Gewalt gleichgültiger Bestien war, die einfach vergessen hatten, ihm Wasser zu geben. – Es waren dieselben Monster, von denen auch mein Leben abhing.

Ich schluckte. Auch ich hatte ihm nicht geholfen, war zu sehr mit mir und meinem eigenen Leid beschäftigt gewesen. Tränen mischten sich in den Schweiß, der mir von der Stirn tropfte.

Die Wachen starrten auf das tote Tier, traten es in die Seite und stießen mich dann in den Dreck.

»Dafür wirst du bezahlen!«

»Aber ich kann doch nichts dafür, dass die Tränke leer war, und im Stall war auch kein Wasser!«, heulte ich.

»Scher dich zu den anderen, das gemütliche Leben ist für dich vorbei!«, bellte Dratules.

Ich stolperte benommen über den Acker. Der Verlust des Ochsen bedeutete für uns, dass wir nun keine Möglichkeit mehr hatten, jemandem eine Verschnaufpause zu verschaffen. Außerdem fühlte ich mich für seinen Tod mit verantwortlich. Hätte ich seinen Zustand früher bemerkt, wäre er noch am Leben.

Tage vergingen, Wochen, und immer mehr fürchtete ich Minas und die Geschichten, die ich mit der Zeit über ihn zu hören bekam. Die Arbeit, so schien es mir, wurde jeden Tag schwerer. Mia hatte ich in all der Zeit nicht zu Gesicht bekommen, überhaupt bestand mein Leben nur aus dem Verschlag und dem Feld.

Das fraß mich Tag für Tag innerlich auf, zerriss mich fast, doch ich konnte nichts dagegen tun. Auch die Sorge um meine Eltern ließ mich nicht zur Ruhe kommen. Ob sie zurechtkamen? Ob sie die Abgabe würden erbringen können? Was würde Aiolos sich als Nächstes für Schikanen einfallen lassen? Ich hatte Albträume, in denen ich sie auf dem Sklavenmarkt sah, tot in ihrem Betten liegen, weil sie verhungert waren, oder blutüberströmt auf der Straße, von Soldaten durchbohrt. Meine größte Angst war, dass es keine Träume, sondern Visionen waren, die ich hatte. Dass es wirklich passieren würde. So hatte ich nicht viel Schlaf in den Nächten.

Minas wurde immer erbarmungsloser und grausamer. Er kam öfter vorbei, um uns bei der harten Arbeit zuzusehen, und dann schwang er persönlich die Peitsche, denn er fand immer Gründe, um uns zu bestrafen. Und wenn ihm mal keiner einfiel, dann sagte er einfach: »…weil ich bei deinem bloßen Anblick das Bedürfnis habe, dir ins Gesicht zu schlagen!«

Ich hatte mehr und mehr das Gefühl, dass die Feldarbeit nicht im Vordergrund stand, er hatte genug Bauern, die bessere Erträge erwirtschafteten. Er wollte wohl nicht offen zugeben, dass er uns nur zum Vergnügen quälte.

Doch das Schlimmste war, dass ich Mia nicht mehr sehen konnte. Einmal hatte ich sie gesehen, als wir morgens aufs Feld geführt und sie durch den Innenhof gezerrt wurde. Wir nahmen uns wahr und für Sekunden tauchten unsere Blicke ineinander, vereinten sich unsere Seelen für einen kurzen Moment des Glücks. Doch zu schnell war es wieder vorbei. Was mir blieb, war die Erkenntnis, dass Mia genauso unglücklich war wie ich.

9

Viele Wochen waren vergangen, in denen ich Mia nur selten zu sehen bekommen hatte, und auch nur dann, wenn Minas sie mitbrachte, um sich mit uns Feldsklaven zu amüsieren. Dann musste Mia mit ansehen, wie er mich schikanierte oder schlug.

Ich sah, wie sie zur Frau wurde, sah, wie sie sich veränderte. Und wenn es auch nur Sekunden waren, in denen sich unsere Blicke trafen, blieben wir so doch auf dem Laufenden, wie es dem anderen ging, was der andere dachte und fühlte.

Sie war gequält, von blauen Flecken übersät, doch ungebrochen, wenn das Feuer in ihr auch nur noch schwach loderte. Ihr Blick sagte mir, dass sie wartete, auf unsere Zeit, unsere Chance. Sie würde durchhalten – für mich. Für uns. Und das gab mir die Kraft, ebenfalls stark zu bleiben, mich nicht brechen zu lassen. Unsere Zeit würde kommen …

Ich ballte dann immer die Fäuste, Wut stieg in mir hoch und ich wusste: Ich würde alles für sie tun; einfach alles. Auch wenn ich zu einem diplomatischen, friedliebenden Menschen erzogen worden war, so wusste ich doch, dass ich für sie kämpfen würde!

»He, Mios. Hilf mir, den Pflug zu befestigen!« Die Stimme Silas' wehte matt über den Acker, auf dem mittlerweile mehrere Ochsen mitarbeiteten, denn kurz nach dem Tod des letzten hatte man gleich fünf neue gebracht.

Ich ließ meine Hacke fallen und lief zu ihm. Unter den strengen Blicken der Wachen legten wir das Pfluggeschirr an. Es ging ihnen wie immer nicht schnell genug.

»Komm, mach schon!«, flüsterte Silas, von der Ungeduld der Spartaner angesteckt.

Er war in letzter Zeit immer bitterer und leiser geworden. Jeden neuen Tag schien er noch mehr zu verabscheuen, eine gelungene Ernte war für ihn kein Grund, stolz zu sein oder gar Freude über das Geleistete zu empfinden, sondern nur die Bestätigung seiner Qual, die Gewissheit, dass er auch weiterhin hierbleiben würde, Ernte um Ernte, Jahr um Jahr. Erst vor Kurzem war er 37 Jahre alt geworden und darüber betrübt und verbittert. Er betrauerte das Leben, das ihm entging, und verfluchte das, das er führte – führen musste – und das für ihn keinen Sinn mehr hatte; er war aber auch traurig vom Anblick der anderen abgemagerten Sklaven, die ihn umgaben und die wohl ebenfalls nie wieder in Freiheit leben würden. Als er mir sagte, dass er seit seinem 16. Lebensjahr ein Sklave war – genau wie ich den Eltern entrissen – und somit bereits seit 21 Jahren dieses elende Leben ertrug, war ich wie von Sinnen. Hatte ich mir das bisher nicht mal ansatzweise vorstellen können, wurde es jetzt zu einem Teil meiner Befürchtungen; eine reale Sorge, die wie ein Damoklesschwert über mir hing.

Doch das Leben ist nun mal nicht fair. Jeder spricht von Glück und dem Wunder der Liebe, für das man alles andere opfern kann – doch so ist das Leben nun mal nicht: es kann sehr wohl glücklich verlaufen, doch es kann auch heimtückisch und gemein sein. Es kann einen nach Sparta führen. Es kann einen zum Sklaven machen.

Ich wurde durch Minas aus meinen Gedanken gerissen, der mal wieder am Feldrand aufgetaucht war und herumbrüllte. Er hatte heute wohl schlechte Laune.

»Hört endlich auf, diesen Abschaum wie Höflinge zu verhätscheln!«, geiferte er.

Wovon sprach er? Meinte er etwa uns? Was für ein Hohn! Viel schlechter konnte es uns nun wirklich nicht mehr gehen –was wollte er?

»Nehmt sie hart ran, keine Pausen mehr! Verstanden?«

Die Wachen nickten und griffen zu ihren Peitschen, die sie sogleich über den Köpfen der anderen knallen ließen.

Ich schluckte. Es war einfach nicht möglich, die ausgemergelten Männer zu noch mehr Leistung anzutreiben, die Wachen wussten das auch, aber Befehl war Befehl.

Das Pfluggeschirr war angelegt und ich eilte zurück zu

meiner Hacke, um Minas keinen Grund zu geben, mir eine Sonderbehandlung aufzubrummen.

»Der verlangt einen neuen Krieg!«, hörte ich Minas noch zu den Wachen sagen, dann rauschte er ab.

Ich wollte meinen Ohren nicht trauen. Was für ein Krieg? Gegen wen? Warum?

Doch bevor ich meinen Gedankenzug vollenden konnte, traf mich Dratules' Peitsche.

»Starr hier keine Löcher in die Luft, du fauler Nichtsnutz!«, schrie er.

Ich stolperte und fiel auf die Hacke meines Nebenmannes. Ziehender Schmerz durchfuhr mich und ein eiskalter Schauer lief mir den Rücken hinunter. Die Schmerzen waren unerträglich. Die Hacke hatte sich in meinen Unterschenkel gebohrt und eine blutende Wunde verursacht.

»Geh in den Stall und hol den letzten Ochsen! Spann ihn ein und dann pflüg mit den anderen das Feld«, sagte er ungerührt.

Ich konnte es nicht fassen. Sah er denn nicht, dass ich schwer verletzt und mit schmerzverzogenem Gesicht am Boden lag? Doch ich hatte zu viel Angst, eine Bestrafung zu erhalten, und die Worte Minas' hatten mich noch mehr beunruhigt. Also nahm ich alle Kraft zusammen, rappelte mich hoch und schlurfte zum Stall.

Der Ochse, der noch im Stall war, war für einen Ochsen eigentlich zu wild, vermutlich hatte die Kastration nicht ganz geklappt und es war doch noch ein Stier. Meistens ließen wir ihn ihm Stall, aber wenn Minas natürlich verlangte, uns noch härter ranzunehmen, dann kam auch der wilde Ochse aufs Feld.

Ich öffnete die Tür von seinem Verschlag. Da stand er und schnaubte, während er mit den mächtigen Hufen den Boden aufscharrte. Mit herausforderndem Blick musterte er mich und senkte den Kopf, als wolle er jeden Moment losstürmen.

Es war ein mächtiges Geschöpf, das vor mir stand; groß, prächtig und stark, und doch wirkte er unsicher, fast ängstlich. Die angespannte Körperhaltung täuschte nur allzu leicht darüber hinweg, aber der große Ochse hatte Angst. Ich konnte es in seinen Augen sehen.

»Ich weiß, du hast Angst, doch die habe ich auch. Ich werde dir nichts tun!«

Er schnaubte wieder und scharrte mit dem Vorderhuf. Ich trat mutig an ihn heran und legte vorsichtig die Hand auf seine Nase, streichelte bedächtig seinen mächtigen Kopf. Und da: Er schloss die Augen und wurde ruhiger, entspannte sich sogar! Er hatte einfach nur Angst. Vermutlich war er überhaupt nicht so wild.

Ich band ihm einen Riemen um den Kopf und führte ihn hinaus, wo Dratules bereits mit höhnischem Grinsen auf uns wartete. Als er sah, dass der Ochse friedlich neben mir herging, verfinsterte sich sein Blick. Er hob die Peitsche und ich fürchtete schon, er würde dem Ochsen einen Schlag verpassen, um ihn wütend zu machen, aber er überlegte es sich wohl anders und ließ die Hand wieder sinken.

Ich ging mit dem Ochsen an den Feldrand und schirrte den letzten freien Pflug an. Alle sahen staunend zu uns herüber. Dann führte ich das große, starke Tier humpelnd über das Feld, es war nicht nötig, es zu ziehen.

Ich war – trotz der Schmerzen im Bein – glücklich und stolz.

»Thymios«, rief Linos plötzlich, als er mein Bein sah. Er ließ den Ochsen stehen, den er führte, und lief zu mir.

»Oh Thymios, was haben sie denn nur mit dir gemacht!« Er untersuchte sogleich meine Wunde.

Da kamen die Wachen schon angelaufen und packten ihn, zerrten ihn von mir weg und schlugen auf ihn ein. Ich war fassungslos und wollte Linos zu Hilfe eilen, einfach irgendetwas tun, denn ich konnte das nicht mehr mit ansehen, doch ein junger Wächter, der ganz neu war, hielt mich fest. Ich schätzte ihn auf etwa 25 Jahre.

Er hatte nicht diesen hasserfüllten Blick wie die anderen. Sein Gesicht zeichnete sich durch eher weiche Züge aus. Ich sah ihn an und da bemerkte ich eine Träne, die ihm aus dem Auge quoll!

»Wie alt bist du, tüchtiger Junge?«, fragte er und drehte mich zu sich, sodass ich Linos nicht mehr sehen konnte.

»Ich bin 16 Jahre alt, mein Wächter!«

Ich merkte, wie sich trotz allem ein Lächeln in mein Gesicht stahl. Es gab einen Hoffnungsschimmer!

»Dann wirst …« Seine Worte wurden von lautem

Geschrei unterbrochen. »Nenn mich Filippos, tüchtiger Junge!«

Er wandte sich um und lief zu der Quelle des Lärms.

Filippos – den Namen würde ich wohl nie vergessen.

Noch nie hatte mich jemand so tief bewegt wie dieser junge Mann, der mir so bekannt vorkam und doch fremd war.

Danke, Zeus und euch allen, ach so mächtigen Göttern des Olymp! Ich sage euch Dank für diesen jungen Burschen, der mich mit Glück erfüllen konnte, während ich im Unglück umherirrte. Lob sei euch!

Ich hörte Schreie, Rufe und hasserfüllte Drohungen, doch ich nahm sie kaum wahr, das Geschrei war jetzt eher nur noch ein dumpfes Geräusch, welches kaum bis zu mir herüberdrang.

Seit den Worten Filippos' verstand ich die Welt nicht mehr, die mir doch so logisch erschienen war. Zwei Jahre lang hatte mich jeder behandelt wie Dreck, keiner hatte mich gelobt und nicht ein Tag war vergangen, ohne dass ich Schläge der Wächter erhalten hatte, und jetzt war da dieses ganz neue Gefühl, welches mich mit Hoffnung erfüllte.

Plötzlich tauchte Dratules wie aus dem Nichts neben mir auf und zerrte mich zu den anderen, die mit der Hacke arbeiteten. Es gefiel ihm wohl nicht, dass ich mit dem Ochsen so gut zurechtkam.

Er zeigte auf Spyridon, einen alten Mann, der stets so aussah, als würde er den nächsten Morgen nicht mehr erleben, und blaffte: »Los! Ihr tauscht jetzt!«

Spyridon schlurfte zu dem Ochsen, ohne sich anmerken zu lassen, ob er das gut oder schlecht fand. Er sah nur so aus, als würde er nicht lebend ankommen, aber das tat er dann doch, während ich mit seiner Hacke den Boden bearbeitete.

Die Wachen drangsalierten uns ganz im Sinne Minas', wir waren es mehr oder weniger gewohnt. An Tagen wie diesen wurde es schlimmer, aber nur für kurze Zeit, denn sterben sollten wir denn doch nicht, schließlich hatten wir einen Wert, wenn auch nur einen äußerst geringen.

Aber manchmal schickten die Wächter einen von uns zu Minas. Keiner wusste, was Minas mit denjenigen machte, die zu ihm geschickt wurden, denn wenn sie jeweils zurückkamen, sprachen sie nicht darüber, schwiegen dumpf vor sich hin und wurden still.

Ich war bisher noch nicht zu Minas geschickt worden, obwohl ich täglich damit rechnete, ein weiterer Albtraum, doch offensichtlich hatte es Dratules heute auf mich abgesehen und da musste ich mit allem rechnen, denn er war der oberste Wächter und unterstand direkt Minas. – Minas, Verbündeter des Hades …

Die Legende besagt, dass sich Minas nach dem Tod seiner geliebten Frau zu Hades, dem Gott der Unterwelt, begab, um seine Frau zurückzufordern. Er wusste, dass es sehr gefährlich, wenn nicht sogar reiner Selbstmord war,

Hades um etwas zu bitten. Noch nie hatte ihn jemand um einen Gefallen gebeten, den finsteren Herrscher der Unterwelt. Doch Minas war so betrübt vom plötzlichen Tod seiner Frau, dass alles andere für ihn bedeutungslos geworden war – er wollte nur seine Frau zurück.

Als er in die Unterwelt eintrat, wollte ihn Zerberus, der dreiköpfige Wachhund des Hades, schon zerfleischen, doch Hades hielt ihn davon ab, denn auch er war neugierig und bewunderte den Mut von Minas. Also hörte er Minas an, der ihm sogleich ein Angebot machte: »Nimm mein ganzes Gold, aber gib mir meine Frau zurück!«

Hades lachte und erklärte Minas, dass Gold ihm nichts bedeute und er die Frau behalten würde. Doch gehen ließ er Minas auch nicht einfach so, sondern machte aus ihm das grausamste Geschöpf ganz Griechenlands, mächtig und böse.

10

Die Sonne hing noch tief am Himmel und ließ gerade erst die Spitzen der Berggipfel erglühen, tauchte das Feld in einen berauschenden Orangeton, der es in einen magischen Ort verwandelte. Vögel zwitscherten glücklich umher, ich spürte die ersten wärmenden Sonnenstrahlen auf meiner Haut – es fühlte sich so gut an und es schien, als würde die Sonne mir neue Kraft geben.

Den feuchten Boden unter meinen Füßen, hörte ich vertraute Stimmen und sah auf die wunderschönen Berge, welche mir bekannt und doch fremd waren. Ich befand mich auf dem kleinen Feld, welches schon reich an hohen Gräsern war und Gemüse trug. Mit den Händen strich ich über das weiche Gras und die Füße bohrte ich in die saftige Erde.

Ich roch die morgendliche Brise, die angenehm um mich wehte, vertraute Gerüche herantrug und mit meinem Haar spielte. Ich hörte Mutters Stimme, sah sie mir zuwinken. Neben ihr stand Vater, der Mutter in die Arme schloss.

Glücklich winkte ich zurück und dann rannte ich Mia entgegen, die auf mich zugelaufen kam …

Der Tagtraum löste sich auf, als hätte es ihn nie gegeben. Stattdessen hatte ich nun Linos' Worte im Ohr, die er mir vor einiger Zeit anvertraut hatte: »Thymios, man muss etwas loslassen, um die Seele davon freizumachen.«

Damals hatte ich noch nicht begriffen, doch nun verstand ich: Man darf nicht in der Vergangenheit leben! Wie schon Vater mir beigebracht hatte: Mich an die Vergangenheit zu klammern brachte mich nicht weiter. Ich musste die Zukunft fest im Blick behalten … wie ich es mir schon so oft vorgenommen hatte, aber bislang vergeblich.

Also musste ich mich von meinen Eltern endgültig trennen? Ich konnte auch nicht mehr ständig an sie denken und mir den Kopf darüber zerbrechen, wie es ihnen ging, das kostete mich meinen Schlaf – immer noch, nach zwei Jahren Sklaverei! Für mich musste die Erkenntnis genügen, dass *ich* noch lebte, alles andere war nebensächlich!

Ich hatte mir dieses Schicksal nicht ausgesucht, doch Vater pflegte oft zu sagen: »Es geht im Leben nicht darum, das beste Los zu ziehen, sondern auch mit einem schlechten Los zurechtzukommen!« Wie recht er doch hatte.

Ich musste meine Vergangenheit loslassen, um meine Zukunft zu meistern.

Doch wie lässt man seine Träume los? Seine Liebe? Seine Hoffnung? Wie soll man die Menschen loslassen, die man noch vor dem Himmel gesehen hat? Konnten Menschen überhaupt loslassen, was ihnen lieb war?

Ich hatte wohl keine andere Wahl – entweder verzweifeln oder leben.

»Pssst, Thymios.« Linos, der neben mir arbeitete, betrachtete mich aufmerksam.

Er war voller blauer Flecken, sogar ein blaues Auge hatte er abbekommen, als die Wachen auf ihn eingeschlagen hatten.

»Linos, es tut mir leid. Dass ausgerechnet ich die Ursache für diese Prügel war … bei allen Göttern!«

»Es geht mir wieder ganz gut, mach dir keine Sorgen um mich, mach dir lieber Sorgen um Spyridon.« Er zeigte auf den alten Sklaven, der dabei war, den Ochsen über das Feld zu zerren, was ihm kaum gelang, und der Ochse bewegte sich freiwillig kein bisschen schneller.

Linos sagte leise: »Ich habe die Wachen sagen hören, dass Minas einen von uns *erlösen* will.« Linos schluckte und sah noch elender aus als zuvor.

»Das kann doch aber auch heißen, dass er einen von uns entlassen wird?«, meinte ich und konnte nicht verhindern, dass sich Hoffnung in mein Herz stahl – und in mein Gesicht.

Doch Linos schüttelte nur traurig den Kopf: »Als würde Minas auch nur einem von uns die Freiheit schenken. Nein, Unsinn, niemals. Hier kommt man nicht lebend raus. Und mit *erlösen* meint er auch nichts

Gutes, so weit solltest du ihn doch schon kennen.« Er schluckte.

Ich sah ihn voller Hoffnung an, weil ich einfach nicht anders konnte. »Doch, bestimmt, Linos. Er wir Spyridon freilassen!«, beharrte ich verzweifelt, auch wenn da noch eine andere Stimme in mir war, die Linos recht gab.

Linos sah mich kopfschüttelnd an: »Du beginnst dir die Dinge zurechtzubiegen, Thymios!«

»Nein, ich beginne sie zu verstehen!«

Er sah mich betrübt an: »Sei es, wie es sei, wir werden es irgendwie überleben, wenn auch nicht alle …«

Darauf sah ich ihn mit entsetzter Miene an: »Nein, Linos, nein! Ich will nicht überleben – ich will *leben*!«

Jetzt füllte sich Linos' Blick mit Stolz. »Man kann sich das Leben nicht aussuchen, Thymios, aber man kann dessen Verlauf ändern. Es ist wie bei einer Schriftrolle, bei der die ersten Zeilen schon geschrieben sind – sie sind uns vorgeschrieben. Doch wir selbst können die nächsten Zeilen schreiben!« Nun sah mich Linos eindringlich an. »Was steht in deiner Schriftrolle, Thymios?«

Eine kurze Zeit dachte ich über diese Frage nach und die einzige Person, die mir einfiel, war Mia. Nach einer Weile zog jedoch eine andere Frage meine Aufmerksamkeit auf sich: Würden wir wirklich alle hier sterben?

Der Mond ging auf und tauchte die Landschaft in sein fahles, farbloses Licht. Ich hörte das Heulen der Wölfe in der Ferne und sah die Sterne, die hoch am Himmel standen und die Landschaft prägten. Was war Sparta doch für ein magischer Ort! Ich würde diesen Moment wohl nie vergessen.

Als unsere Mägen schon so laut knurrten, dass es für die Wachen nicht zu überhören sein konnte, kam Minas mit hoheitsvollem Gange ans Feld. Er hatte wie immer ein prächtiges Gewand an, rotes und weißes Tuch, verziert mit purem Gold – welch Kontrast zu unserer schmutzigen Kleidung. Unter dem prächtigen Gewand konnte man seine Klinge erkennen, die bei jedem seiner Schritte hin und her schwang.

»Nun, Abschaum«, verkündete er mit hämischem Grinsen, »eure Leistung ist erbärmlich, aber weil ich ein gütiger Herrscher bin, lasse ich euch schlafen.« Er sah uns gehässig an und da erst dämmerte mir, dass er uns gerade das Abendmahl gestrichen hatte.

Auf sein Zeichen hin mussten wir uns wieder in einer Reihe aufstellen. Heute wurden unsere Hände gefesselt und mit einem langen Seil verbunden, das machten die Wachen öfters, wenn sie uns in den Verschlag brachten, seit wir die Fußketten nicht mehr tragen mussten.

Wir marschierten im Gänsemarsch zurück in den Innenhof, der vom Mond erhellt wurde.

Als wir um die Ecke kamen, sah ich sie: Mia! Ihre Augen waren weit aufgerissen, als hätte sie das Schrecklichste gesehen, das es gibt. Ihre Wangen leuchteten rot, ich konnte es trotz des Mondlichts sehen, als wäre sie gerade erst geohrfeigt worden. Sie wurde von Dratules fortgezerrt.

Als sie mich sah, leuchteten ihre Augen so heftig auf, dass es mir vorkam, als wären kleine Sonnen in ihnen aufgegangen. Sie riss sich von dem verblüfften Dratules los, der nicht damit gerechnet hatte, und rannte zu mir. Sie fiel mir um den Hals und wir küssten uns – ein wunderbares, ein fantastisches Gefühl, das mich für den Rest meines Lebens begleiten würde. Wir versanken in unserer eigenen kleinen Welt, verschmolzen miteinander und die Zeit blieb stehen; unsere Umgebung nahmen wir nicht mehr wahr, nur dumpfe Geräusche drangen an mein Ohr, unbedeutend, weit fort …

Da wurde Mia von mir fortgerissen: »Schau mir in die Augen, Sklavin!«, brüllte Dratules außer sich. Dann schlug er sie so heftig, dass sie zu Boden fiel und mit schmerzverzogenem Gesicht aufschrie.

Ich schlug mit den gefesselten Fäusten nach Dratules, brachte aber damit nur die anderen, die an mich gebunden waren, ins Straucheln: »Soll dich Hades holen!« Ich trat nach ihm.

Dratules sah mich mit glühenden Augen an: »Dafür wirst du den Hades kennenlernen!«

Dann zerrte er Mia brutal mit sich fort.

»Weiter!«, brüllte eine andere Wache und ich bekam einen Schlag in den Rücken.

Wir beeilten uns, in den Verschlag zu kommen, wo wir uns die Fesseln selber lösen durften.

Nun saßen wir alle in der Dunkelheit, hungrig, und der Tag schien überstanden. Ich grinste in mich hinein, glücklich über den Kuss und stolz auf meinen sinnlosen und unnötigen kleinen Angriff, der mir nichts eingebracht hatte außer dem Zorn Dratules' – dennoch konnte ich nicht aufhören zu grinsen.

Da wurde die Tür des Verschlages aufgerissen und eine der Wachen zeigte stumm auf mich. Sofort war mir klar, weshalb er kam: Ich sollte nun büßen. Und als ich besorgt zur Tür ging, flüsterte Spyridon: »Du schaffst das, Thymios!« Noch nie zuvor hatte ich ihn sprechen hören.

Ich wurde in den Palast gebracht. Ich sah den Wächter von der Seite an und bemerkte, dass er sein Gesicht verbarg.

Als niemand zu sehen war, fing er plötzlich an zu sprechen: »Tüchtiger Junge, wir haben nicht viel Zeit. Ich bringe dich jetzt zu Minas. Das wird eine harte Prüfung für dich werden, doch versuche, sie zu überstehen.« Er räusperte sich und fuhr fort: »Ich werde dir helfen, wenn ich kann, aber das ist nicht sicher. Also hilf dir selbst, Junge!«

Dann öffnete er die Tür, vor der wir nun standen. Er schob mich hindurch und schloss sie hinter mir.

Ich befand mich in einem großen Saal mit weißen Säulen und goldenen Verzierungen auf den Kapitellen. Der Boden bestand aus Mosaiken, die eine Geschichte erzählten. Ich betrachtete die Bilder und erkannte Spartaner im Kampf, es war die leidvolle Geschichte Spartas. Der Raum war dunkel, es gab nur wenige schwache Öllampen.

Da erkannte ich in der Dunkelheit Mia, die schweigend dastand. Sie sah mich verzweifelt an, rührte sich aber nicht. Dann bemerkte ich den Strick um ihren Hals, der im Dunkel verschwand. Ich machte einen Schritt auf sie zu, doch sie riss die Augen auf und schüttelte fast unmerklich den Kopf.

»Das ist ja herzallerliebst, Abschaum!«, ertönte nun Minas' herablassende Stimme, während er aus dem Schatten trat, in dem er sich verborgen hatte. »Tut es weh, wenn du deine Prinzessin so siehst?«

Ich fragte mich, worauf er hinauswollte.

»Deine Erasmia hat dir nicht alles von ihrer Vergangenheit erzählt, oder?«

Ich glotzte Minas nur stumm an. Was hatte er vor?

Lachend fuhr er fort: »Deine schöne Mia sollte meinen Sohn Alikios heiraten – so war es zumindest geplant. Doch ihre verbrecherischen Eltern bevorzugten es zu fliehen, Haus und Hof zurückzulassen und einen Vertrag!«, nun brüllte er, »mit ihrem Herrscher!«, schrie er hysterisch, »zu brechen!« Er räusperte sich künstlich. »Hat dir das deine hübsche Kleine nicht gesagt? Nun, jetzt wird sie Alikios heiraten, da wir so gütig sind, sie trotz allem in unsere Familie aufzunehmen. Also solltest du dir eine neue Freundin suchen, Abschaum!«

Schadenfrohes Gelächter erfüllte den Saal und Mia sah mich aus angstgeweiteten Augen an.

Ich stand nur still da. Deswegen hatte Mia also nie von ihrer Vergangenheit reden wollen. Dann war es Minas, vor dem sie sich die ganze Zeit gefürchtet hatte. Er hatte sie erkannt und jetzt sollte sie diesen Alikios heiraten. Was für ein gemeiner Streich der Götter, uns ausgerechnet in seine Hände auszuliefern.

»Und du, Abschaum, du wirst wohl hier als Sklave verrotten, das verspreche ich dir! Außer …« Ein boshaftes Lächeln umspielte seine Lippen. »Außer deine süße Freundin verrät mir, wo ich ihre Eltern finde.«

»Sie sind tot«, sagte ich leise und hoffte, dass es glaubwürdig klang. »Die Soldaten, die uns geholt haben, töten alle, die sich ihnen in den Weg stellten.«

»Schlaues Bürschchen«, brummte Minas und zog kurz, aber heftig an dem Strick um Mias Hals, sodass sie taumelte. »Schlaues Bürschchen, dein magerer Freund hier. Aber irgendetwas sagt mir, dass er lügt. Oder? Mia? Stimmt das? Warum hast du mir das dann nicht selber gesagt?«

Ich stöhnte. Er spielte uns gegeneinander aus. Was, wenn ich mich auf ihn stürzen und ihn mit seinem eigenen Dolch töten würde? Wäre ich schnell genug? Stark genug? Oder würden seine Wachen aus dem Schatten treten und Mia und mich töten?

»Bis Mia mir ihr kleines Geheimnis verraten hat – oder du, Abschaum, bekommst du weder zu essen noch zu trinken. Mal sehen, wie lange du durchhältst.«

Er hob eine Hand und aus dem Schatten hinter ihm löste sich ein einzelner Soldat, der mich am Arm packte und zu der Tür zerrte, durch die ich hereingekommen war. Minas sah mir grinsend hinterher.

11

Ich wurde in den Verschlag gestoßen und torkelte benommen durch die Dunkelheit, bemüht, über keinen der anderen Sklaven zu stolpern oder gar auf einen draufzutreten.

»Pssst, Mios!«

Müde blinzelte ich und konnte nun Linos erkennen.

»Sie kommen gleich und holen uns erneut. Irgendetwas stimmt da nicht!«, hörte ich ihn sagen, während ich versuchte, mich zu setzen – mein Bein schmerzte noch immer.

Draußen krachte es – Donner! Dann trommelte Regen auf das Holzdach des Verschlages. Endlich Regen! Abkühlung!

Als sich meine Augen an die Dunkelheit gewöhnt hatten, bemerkte ich, dass schon alle wach waren. Da wurde die Tür auch schon wieder aufgerissen und eine Wache brüllte unverständliche Worte in den Raum, irgendwas mit *Strafe* und *Abschaum*, das Übliche eben.

Linos half mir wieder auf die Beine, dann wurden den anderen erneut die Hände gefesselt – meine waren es immer noch, und so fühlten sie sich auch an, als würden sie jeden Moment abfallen. Wir wurden wieder alle zusammengebunden und dann zogen uns die Wachen, die im strömenden Regen standen und vor Wut über dieses Ungemach außer sich waren, hinaus.

Sofort klatschte uns der Regen ins Gesicht und wir rissen alle die Münder auf und streckten die Zungen heraus.

»Lasst das!«, hieß es und es wurde mit den Peitschengriffen auf uns eingeschlagen. »Los! Bewegt euch!«

Wir wurden zu einem völlig anderen Feld geführt, viel kleiner, eher ein Garten. Die Wachen brachten uns mit einem einzigen Ruck am Seil zu Fall. Wir gingen zu Boden – einige fielen auf die Knie, andere mit dem Gesicht in den Matsch – und harrten der Dinge, die da kommen würden.

Der Regen peitschte uns ins Gesicht und der Wind ließ uns erschauern – es wurde schnell sehr kalt.

Wir kamen auf die Knie und warteten ab.

Da näherten sich plötzlich zwei überdachte Sänften.

»Köpfe neigen!«, schrie eine der Wachen. – Das war ja ganz was Neues.

Wir ließen die Köpfe hängen und ich fragte mich, was das sollte. Würden sie uns jetzt abgeschlagen? Im strömenden Regen, sodass Minas überhaupt nichts sehen konnte? Unwahrscheinlich.

»Ich wollte euch meinen Sohn vorstellen, den neuen

Herrscher«, hörten wir Minas, der in seiner Sänfte im Trockenen saß. »Alikios …«

In der zweiten Sänfte, deren Vorhang beiseitegeschoben war, saß ein junger Mann, der recht gelangweilt auf uns herunterblickte und Trauben aß. »Hebt die Köpfe und seht mich an«, sagte er kaum hörbar.

Als wir uns ihm zuwandten, prasselte uns der Regen so heftig ins Gesicht, dass wir die Augen zusammenkniffen. Er kicherte – das hörte ich trotz des Regens deutlich. Keinen Deut besser als sein widerwärtiger Vater!

»Einer von euch hat Informationen, die ich haben will. Einer von euch, der heute meine Braut geküsst hat!«, brüllte er nun und allen war klar, wen er meinte.

»Bis er mir sagt, was ich wissen will, gibt es nichts zu essen, keinen Schlaf …«, er machte eine Pause und lachte, »und kein Wasser, außer es kommt von oben.«

Alikios beugte sich vor. »Also hört gut zu. Ich werde einige von euch mit in meinen Sommerpalast in Amykles nehmen. Wer meldet sich freiwillig? Bringt die Mägde!«

Aus der Dunkelheit kamen sieben Wachen, die einige junge Mädchen vor sich her schubsten. Mein Blick fand Mia fast von allein, wie magisch angezogen. Für Sekunden versanken wir wieder ineinander, aber dann sah ich rasch weg, denn ich wollte nicht, dass Alikios zornig wurde und es an Mia ausließ.

»Dort wird dann auch meine Hochzeit mit der mir vorbestimmten Braut Erasmia stattfinden. Dafür brauche ich willige Dienerschaft. Also – wer will?«

Einige der ausgezehrten Männer hoben die Hand, wider besseres Wissen, dass sie hier nicht fortkommen würden.

»Ah, du … und du«, rief Alikios. »Gut, bindet sie los!«

Zu meiner Verwunderung wurden die Stricke gelöst und die Männer zu den Mädchen geführt – ganz freundlich, ohne Geschubse oder Gebrüll.

»Noch jemand? Ein paar kann ich schon noch gebrauchen«, rief Alikios wieder und wir sahen uns alle verwirrt an.

Es meldeten sich noch weitere Sklaven, in deren Augen Hoffnung erwachte, ich konnte es sehen; wie ein Licht aus tiefster Dunkelheit kehrte sie zu ihnen zurück.

»Na, und du?«, fragte Alikios mich nun.

Mir war jedoch klar, dass er mich niemals mitnehmen würde. Oder doch? Andererseits … ich musste es natürlich versuchen und ich nickte mit scheuem Blick.

»Na, schau an«, spottete Alikios nun. »Welche Macht auf einmal in deinen schmutzigen Händen liegt. Du allein entscheidest nicht nur über dein eigenes Schicksal«, er deutete auf die Sklaven, die losgebunden und zu den Mädchen geführt worden waren, unter ihnen auch Spyridon und Silas, »sondern auch über das dieser Männer hier!«

Er starrte mich eine Weile schweigend an. Der Regen, der seinen Ärmel getränkt hatte und jetzt sogar in seine Sänfte hineinwehte, schien ihn überhaupt nicht zu stören.

»Du kannst diesen Männern ermöglichen, mit mir nach Amykles zu kommen, oder«, er machte eine Pause,

»du entscheidest dich dafür, sie hier sterben zu lassen. Zusammen mit den anderen und … dir!«

Ich starrte ihn an, sah verzweifelt zu den anderen, sah die Hoffnung in ihren Augen, die vollkommen unangemessen war, wie jedem klar sein musste, denn auch wenn ich verriet, was Alikios wissen wollte, so hätte er sein Versprechen doch niemals eingelöst. Als ob er einen Haufen ausgemergelter Sklaven zu seiner Hochzeit mitnehmen würde – dort würden sicher nur hübsche Jünglinge und Mädchen sein, eine Augenweide, Dekoration für sein Fest. Aber doch keine alten Gerippe, die kaum noch eine Karaffe tragen können.

»Tu es nicht«, sagte Spyridon nun und ging zurück zu denjenigen, die noch gefesselt auf dem Boden knieten.

Keiner hielt ihn zurück. Er nahm seinen Platz in der Reihe wieder ein, kniete nieder und hielt die Hände vor sich, damit man ihn wieder fesseln konnte.

Alikios gab einer Wache ein Zeichen und dieser zückte sein Schwert.

Spyridon sah ihn gleichgültig an und zeigte keinerlei Regung, als der Soldat sein Schwert niedersausen ließ.

»Denk noch mal über mein Angebot nach, Junge«, hörte ich Alikios noch sagen, dann zog er den Vorhang seiner Sänfte wieder zu und Minas gab das Zeichen, sie zurück in den Palast zu bringen.

Mia und die anderen Mädchen wurden hinterhergescheucht. Wenigstens kamen sie nun ins Trockene, sagte ich mir und ergab mich in mein Schicksal.

Das Gewitter tobte nach wie vor über uns, helle Blitze spalteten immer wieder den Himmel und der Regen peitschte uns hart ins Gesicht. Hacken und Ochsengespanne standen schon bereit, aber es war doch unmöglich, bei diesem Wetter zu arbeiten. Auch die Ochsen waren vor Angst in Panik geraten, schnaubten und versuchten, sich von den Bäumen, an die sie angebunden waren, loszureißen. Immer wieder bohrten sie ihre kräftigen Hufe in den aufgewühlten Dreck und rissen an den Riemen. Ich wurde zu einem Ochsen gezerrt, dann wurden mir die Hände losgebunden. Diejenigen, die sich freiwillig für die Hochzeit gemeldet hatten, wurden auch zu den Ochsen gebracht. Fast schon ein Todesurteil.

Die Wachen standen mit gezogenen Schwertern im prasselnden Regen und stachen nach uns. Wir hatten keine Wahl, als neben die scheuenden Ochsen zu treten und sie loszubinden. Die übrigen Sklaven wurden ebenfalls losgebunden und zu den Hacken geschickt, die etwas abseits lagen. Zwischen ihnen und den Ochsen standen nur noch Wachen … sonst niemand.

Leise sagte ich zu meinem Nebenmann: »Wir hetzen die Ochsen auf sie, weitersagen!«

Die Wachen konnten mich wegen des Regens nicht hören und so machte mein Befehl ungestört die Runde, während jeder, der Bescheid wusste, bereits seinen Ochsen losband.

Die scheuenden Tiere bockten wie verrückt, aber es gelang den Männern dennoch, sie so lange im Zaum zu halten, bis auch der Letzte von uns Bescheid wusste und erwartungsvoll zu mir herübersah. Ich nickte und sprang hinter meinen Ochsen – die anderen taten es mir nach – und schlug ihm auf den Hintern. Dann stolperte ich weiter nach hinten, um nicht von den Hufen getroffen zu werden.

Wie erwartet, trampelten die Ochsen in panischer Angst los, rannten alles nieder, was sich ihnen in den Weg stellte, und auch die Schwerter, die die Wachen gegen sie erhoben, nutzten ihnen nichts. Diejenigen, die sich mit einem Sprung zur Seite hatten retten können, wurden nun von den Sklaven, die die Hacken geholt hatten, angegriffen und niedergemacht.

Wir sammelten uns und stellten fest, dass wir vollzählig waren.

»Irgendwer musste diese Nacht sterben«, sagte ich nun und wunderte mich, woher diese starken Worte auf einmal kamen.

Die anderen nickten nur.

»Besser die, als wir!«

»Da kommt jemand!«, zischte einer.

Wir rannten in die Dunkelheit, zu einem großen Felsen, und versteckten uns dahinter.

Dratules war gekommen, um nach dem Rechten zu sehen, und starrte verstört auf die toten Wachen.

»Er hat uns gesehen!«, flüsterte Silas und griff nach einem Stein.

Wir anderen schnappten uns auch einen Stein, während Dratules sich näherte.

»Wartet«, sagte Linos und spähte vorsichtig um den Fels.

Ein Blitz zuckte und erleuchtete die Szene. Wir betrachteten das als Zeichen und sprangen auf, bewarfen Dratules, der auch sofort, schwer getroffen, in die Knie ging. Da trat Silas heran und schlug ihn endgültig nieder.

»Was nun? Hierbleiben können wir nicht!«

»Wir müssen fliehen, aber nicht zusammen, sonst kommen wir nicht weit«, erklärte Silas, in den plötzlich wieder Leben kam, atemlos. Die Lethargie der letzten Wochen fiel mit einem Schlag von ihm ab und er wirkte geradezu dynamisch.

»Schnell, zieht den Wachen die Kleider aus!«, rief Linos.

Wir nickten, das war eine gute Idee.

»Dratules auch – und fesselt ihn, falls er noch lebt.«

»Das übernehme ich«, sagte einer, der den Ochsenriemen noch in der Hand hielt.

Ich sah ihn misstrauisch an, doch ich hatte keine Zeit, jetzt das Kindermädchen für den brutalen Dratules zu spielen.

Es dauerte etwas, bis wir herausgefunden hatten, wem welche Sachen am besten passten. Die Haare waren ein Problem, aber wir hatten nicht viel Zeit und schnitten den Wachen mit den Schwertern so gut es ging die langen Mähnen ab. Dank des Regens würde es kaum auffallen, wie schlecht ihre Frisuren waren.

Ich warf noch einen kummervollen Blick auf Spyridon, dann sagte ich: »Wir gehen außen rum, das fällt nicht so auf.«

»Doch, gerade das fällt auf. Besser, wir gehen mitten durch den Palast, das fällt viel weniger auf«, meinte Linos.

»Und wenn uns jemand erkennt?«

»Es ist mitten in der Nacht, wer soll da noch unterwegs sein.«

»Andere Wachen!«

»Hoffen wir einfach das Beste. Wenn wir über das Feld gehen und gesehen werden, kommen sofort Reiter. Gehen wir vorne hinaus, können wir uns in der Stadt verstecken.«

Wir einigten uns darauf, dass das der bessere Plan war.

»Wir nehmen Spyridon mit«, sagte Silas nun. »So erweist er uns noch einen letzten Dienst – als Tarnung.«

Wir waren sicher ein seltsamer Anblick, als wir mit dem toten Spyridon durch den Palast liefen. Wir trugen ihn zwischen uns, aber so, dass jeder, der uns begegnete, seine Wunde sofort sehen würde. Dann würden wir behaupten, den Toten wegzubringen, wobei allerdings keiner von uns wusste, wo tote Sklaven hingebracht wurden.

Die Gänge waren zum Glück leer, niemand kam uns entgegen, vor den Türen standen keine Wachen – ob wir völlig unbehelligt in die Stadt gelangen würden? Ich konnte es kaum glauben, doch die Hoffnung hatte sich in mir, nein, in uns allen breitgemacht und ließ sich nicht mehr so leicht vertreiben. Es würde gelingen, ich war plötzlich sicher!

Da hörte ich Schritte hinter uns und sah mich um. – Eine Wache kam eilig hinter uns hergelaufen.

Auch die anderen hatten es gemerkt und sahen sich um.

»Nicht umdrehen!«, flüsterte Linos, der als Wache verkleidet war, doch vergebens.

Wir starrten alle dem Mann entgegen, der nun schnellen Schrittes, aber dennoch geräuschlos, hinter uns herkam. Die verkleideten Sklaven griffen nach ihren Schwertern, wir anderen traten mit der Leiche von Spyridon ein paar Schritte zurück.

»Ich bin's! Filippos!«, zischte unser Verfolger.

»Lasst ihn«, sagte ich schnell, »er ist ein Freund!«

Die anderen sahen mich verwirrt an, hörten aber auf mich. Doch die Schwerter hielten sie sicherheitshalber weiter in der Hand.

12

»Tüchtiger Junge, ich weiß, ihr seid in Eile, aber ich habe dir noch etwas Wichtiges mitzuteilen!«

Mit erwartungsvollem Blick sah ich ihn an.

»Schnell!«, drängte Silas und sah sich ängstlich um.

»Alikios glaubt zu wissen, dass du und Erasmia aus dem geteilten Ort stammt, der einst *Heldos* hieß.«

Mir stockte der Atem.

»Er plant, diesen Ort zu überfallen, er stünde ihm ohnehin zu, behauptet er. Der Rat hat ihm freie Hand gegeben – Hauptsache, es gibt mal wieder eine Eroberung!«

Ich blickte gen Himmel, fassungslos ob der Entscheidungen, die die Götter für uns trafen. Warum sollte nach all den Jahren der Krieg zurückkehren in die geteilte Stadt, die den Hass, der einst für die Teilung gesorgt hatte, bereits überwunden hatte? Hatte der Athener Herrscher, der hinterhältige Aiolos, das gewusst? Oder es geahnt? Hatte er deshalb vorher noch die Bewohner als Sklaven verkauft? Aber warum nicht alle? – Damit für seine spartanischen Freunde noch etwas zum Erobern da war! Das Ganze war ein Theaterspiel, ein arrangierter Krieg! Aiolos bekam ein paar Sklaven, um seine Kassen zu füllen, verkaufte sie an Minas, dessen Sohn durfte anlässlich seiner Thronbesteigung die geteilte Stadt – meine Heimat – erobern, und alle waren zufrieden … bis auf die Bewohner von Fridos und Helikios natürlich.

»Noch etwas?«, fragte ich Filippos.

Filippos nickte: »Alikios hat das Orakel befragt!«

Da wusste ich, dass die Spartaner es ernst meinten, denn bevor sie in den Krieg zogen, befragten sie nach altem Glauben das Orakel. Noch nie war Sparta in den Krieg gezogen, ohne vom Orakel gesegnet worden zu sein. Man nannte es das *Kriegsorakel* und es wurde von alten Soldaten geleitet, verbitterten Männern des Bösen, schon fast vergleichbar mit Dämonen der Unterwelt.

»Und was hat das Orakel gesagt?«, fragte ich tonlos.

Filippos schnaubte: »Dieses Jahr nicht! Flüchte, Junge, solange du noch die Chance dazu hast. Bereite deine Heimat auf einen Kampf vor!«

»Ich kann nicht kämpfen!«

»Wenn du Erasmia aus dem Harem Alikios' befreien und deine Heimat schützen willst, dann solltest du das aber lernen.«

Ich sah ihn mit trauriger Miene an: »Du hast recht, das muss ich wohl.«

»Kommt mit«, sagte Filippos und lief voraus.

Wir folgten ihm durch das Gängegewirr des Palastes, bis wir durch eine kleine Seitentür zurück ins Freie gelangten.

»Hier sind die Ställe, durch sie gelangt ihr direkt an die Straße in die Stadt.«

Er öffnete ein großes Tor, hinter dem sich Minas' weiße Kutsche befand.

»Legt euren toten Freund hier hinein«, sagte Filippos, »ihr könnt ihn ja nicht mitnehmen und hier kann er wenigstens noch einmal über Minas triumphieren.«

»Nein, wir legen ihn lieber in diese Kutsche«, sagte ich und zeigte zu einem überdachten Wagen, vor dessen Innenraum ein Vorhang hing. »Sie müssen ihn ja nicht sofort sehen.«

Wir nickten und hoben Spyridon hinein. Dabei platzierten wir ihn so, dass er eine sitzende Haltung einnahm und ich hoffte, sein Einzug ins Reich der Toten würde so etwas Würdevolles haben, aber letztlich wusste ich zu wenig von solchen Dingen, um das beurteilen zu können. Es war nur eine Hoffnung, wie so viele in dieser Nacht. Ich nickte ihm noch einmal zu und zog den Vorhang vor.

Filippos führte uns durch zahlreiche Türen und Versorgungsgänge zwischen den Ställen zu einer kleinen Tür, die mit einem schweren Riegel verschlossen war. Er zog ihn auf und steckte den Kopf hinaus.

»Jetzt schnell, es ist niemand da. Hier hätte heute Nacht ich Wache gehabt. Glück für euch!«

»Und was wird mit dir? Minas wird dich töten!«

»Mach dir um mich keine Sorgen. Ich werde weg sein,

aber ich werde nicht mit euch fliehen, das wäre zu auffällig. Trennt euch und … viel Glück!«

»Warum …«, wollte ich noch fragen, doch er schob mich zur Tür hinaus.

»Beeilung! Glück währt nicht ewig.«

Wir standen auf der Straße und sahen uns an, dann liefen wir los, jeder in eine andere Richtung. Wer bis zum Morgengrauen nicht weit genug entfernt war oder ein gutes Versteck gefunden hatte, um den wäre es geschehen, das war uns klar.

Ich lief durch die Straßen Spartas, bis ich nicht mehr konnte. Die Stadt hatte keine Stadtmauer, wie ich ja bei meiner Ankunft gesehen hatte, also musste ich nur lange genug laufen, um hinauszugelangen und mich in der Wildnis zu verstecken. Dank des Regens würde man keine Spuren finden, vorausgesetzt ich schaffte es, solange der Regen noch anhielt. Hörte er erst mal auf, würden meine Spuren von der zweifellos zurückkehrenden Sonne in den Boden gebrannt wie Tonziegel.

Staunend betrachtete ich die Häuser der Bevölkerung; ich hatte Sparta selber seit meiner Ankunft nicht mehr betrachten können, da ich nie aus dem Palast herausgekommen war. Jetzt fiel mir auf, dass die Bevölkerung, den Häusern nach zu urteilen, eher in armen Verhältnissen lebte, eben spartanisch, wofür sie ja bekannt waren. Dafür war Minas umso reicher. Das war wohl bei allen Herrschern so, überlegte ich. Reichtum erlangt man, indem man andere in Armut stürzt.

Immer noch rannte ich durch die engen Gassen der Häuser, doch die Stadt schien endlos zu sein. Immer wieder entdeckte ich neue Gassen, die mich wieder zu anderen führten.

Da stand ich plötzlich vor dem prachtvollen Rathaus mit seinen weißen Säulen, den hoheitsvollen Stufen zum Eingang und dem wundervollen Dachsims, in dem verschiedene Götterbilder verewigt waren. Erkennen konnte ich die Götter in der Dunkelheit nicht, doch sie sahen sicher schön aus. Vater hatte immer von Spartas Rathaus geschwärmt. Er sagte, das Dach wäre das Schönste am ganzen Haus, mit den vielen Göttern, die eine Geschichte erzählten; man sähe die wunderschöne Aphrodite, welche sich im Spiegel betrachtete, Poseidon, den Wächter der Meere, und sogar Athene sollte einen Platz auf dem Dach gefunden haben. Aber das Wichtigste war Zeus, der Göttervater, der, wie Vater erzählte, einen riesigen Ehrenplatz bekommen hatte.

Früher hatte ich mir Sparta immer ganz toll vorgestellt. Ich dachte, der Herrscher würde mich mal als Berater oder Poeten einstellen und wir wären dann so was wie Freunde, doch heute wurde mir beim Gedanken an den Herrscher Spartas übel. Sparta war eine verseuchte Stadt. Hier gab es keine Helden, sondern nur blutgierige Soldaten, die nichts Schöneres kannten als den Kampf und den Tod auf dem Schlachtfeld. Spartaner hielten sich für edle Krieger, doch in Wahrheit waren sie nur Blutegel, die anderen das Leben aussaugten.

Da sah ich am Ende einer Straße offenes Land und lief darauf zu. Ich hatte Seitenstiche und mein verletztes Bein schmerzte, doch die nahe Freiheit mobilisierte meine letzten Kraftreserven. Wenn ich anhielt, würde ich so schnell nicht mehr aufstehen, das war mir klar.

Ich erreichte den Stadtrand und lief einen Weg entlang, der mich Richtung Norden führte, im Osten und Westen ragten Felswände auf, der Weg nach Süden hätte mich nicht nach Hause gebracht. Das würde die Suche nach mir etwas vereinfachen, bemerkte ich bekümmert, doch ich hatte keine Wahl. In meinem Zustand konnte ich ohnehin nicht auf Berge klettern, also war die Entscheidung einfach.

Ich verließ den Weg und schlug mich durch das Gebüsch, wobei ich mir Arme und Beine zerkratzte, doch das war mir egal. Bald jedoch umgaben mich immer weniger Büsche und Sträucher und auch der Boden wurde felsiger, weshalb ich aufpassen musste, nicht auszurutschen. Ich lief einfach immer weiter, setzte stoisch einen Fuß vor den anderen, versuchte, nicht umzufallen.

Schließlich sank ich doch kraftlos zu Boden. Ich landete mit dem Gesicht in einer Pfütze, aus der ich trank, und stemmte mich mit letzter Kraft wieder hoch, um zu sehen, wo ich war.

Der Regen hatte aufgehört, die Strahlen der Morgensonne krochen bereits über die Berge im Osten und zeigten an, dass die Jagd auf die entflohenen Sklaven nun bald beginnen würde.

»Oh, ihr so gütigen Götter, welche ich Tag für Tag ehre. Ich bitte euch in all eurer Großzügigkeit und Allwissenheit um Rat und Hilfe in meiner Not. Ich bitte euch um eure Hilfe bei meiner langen Reise und um euer Glück!«, sagte ich leise.

Ich blieb sitzen, denn ich wollte nicht riskieren einzuschlafen. Nur etwas ausruhen, dann musste ich weiter. Bei Licht käme ich besser voran, es wäre nicht mehr so anstrengend und gefährlich.

Als ich mich wieder hochquälte, hätte ich schreien mögen, doch ich biss die Zähne zusammen und gab keinen Laut von mir.

Ich lief in einem leichten Trab. In der Ferne erkannte ich einen Felseinschnitt, vielleicht eine Schlucht. Ich beschloss, es auf jeden Fall noch so weit zu schaffen und mir dort ein Versteck zu suchen.

Immer wieder sah ich mich um, ob ich irgendetwas ausmachen konnte, doch dank des Regens würde auch ein ganzes Heer von Reitern keine Staubwolke aufwirbeln, die ihr Kommen ankündigte. So blieb mir nichts anderes übrig, als das Beste zu hoffen.

Ich weiß nicht, warum die Götter plötzlich so viel Erbarmen mit mir hatten, doch sie ließen mich unbehelligt die Schlucht erreichen. Eigentlich war es mehr eine Delle im Berghang, doch es gab Schatten, den ich mittlerweile wieder herbeisehnte, denn die Sonne brannte unbarmherzig vom nun wieder klaren Himmel herunter. Ich wählte eine kleine Kuhle zwischen den Felsen, sammelte noch allerlei Gesträuch und Gräser zusammen und legte mich mit dem Gestrüpp über mir hinein. Wenn Minas' Soldaten mich fänden, dann wäre es eben so, ich musste jetzt jedenfalls schlafen.

***

Minas und Alikios betraten mit ihrem Gefolge den Hof vor den Ställen. Minas' offene Kutsche wurde herausgebracht und angespannt, dann schob man Alikios' Wagen heran, damit der künftige Herrscher sich schon setzen konnte, während angespannt wurde. Er schob den Vorhang beiseite und sprang mit einem Schrei zurück, es klang wie das Quieken eines kleinen Schweinchens. Minas drehte sich zu seinem Sohn um. Er stand in der Mitte der Menge, die aus Wächtern und Mägden bestand und einen Kreis um ihn und die Kutsche gebildet hatten. Seine Augen waren weit aufgerissen vor Zorn, ebenso wie sein Mund, der sperrangelweit offen stand – es hatte ihm tatsächlich einmal die Sprache verschlagen. Da stand er nun in seinem teuren Gewand, golddurchwirkt und mit Schmuck angetan, vor seiner noch teureren Kutsche, seinem Juwel, das mit Gold, Silber und edlen Stoffen beschlagen war, und musste mit ansehen, wie sein Sohn, sein Nachfolger, wegen eines toten Sklaven fast in Ohnmacht fiel. Er lief knallrot an und schrie: »Wo ist der Stallmeister?«

Ein Mann trat vor, zitternd vor Angst. Er sank auf die Knie: »Oh Herr, wir haben die Kutsche bereits gestern vorbereitet. Die Ställe sind nachts bewacht. Wie hätten wir wissen sollen …«

»Schweig!«, fuhr ihn Minas an. »Wo ist diese Wache?«

Zwei Wächter eilten los. Als sie zurückkamen, berichteten sie, dass die Wache fort sei.

»Filippos und die Sklaven sind fort«, sagten sie, als sie alles durchsucht hatten.

Ich schrak aus dem Traum hoch, der mir eher wie eine Ahnung als ein Albtraum erschien. Eine Vision, die mir die Götter geschickt hatten?

Die Sonne stand schon hoch am Himmel, der Schatten war sengender Hitze gewichen. Mein Kopf schmerzte und ich richtete mich vorsichtig auf – es war niemand zu sehen. So setzte ich meinen Weg fort. Zum Glück gab es noch genug Pfützen, sodass ich keinen Durst leiden musste.

13

Als es Nacht wurde, erreichte ich ein kleines Wäldchen. Ich hatte keine Verfolger gesehen, vielleicht waren wir Sklaven doch nicht so wichtig oder wertvoll, um Zeit auf die Suche nach uns zu verschwenden. Durst hatte ich keinen, denn Wasser hatte ich reichlich gefunden, doch der Hunger quälte mich.

Ich suchte mir ein moosbedecktes Plätzchen hinter einem Gebüsch, wo ich die Nacht verbringen wollte, da hörte ich plötzlich ein Knacken hinter mir.

Ich fuhr herum, das Herz schlug mir bis zum Hals. Ein Schatten zeichnete sich vor mir ab und ich überlegte panisch, in welche Richtung ich flüchten sollte.

»Mios?«

Silas' Stimme ließ mich erleichtert aufatmen. Ich fiel auf den Hintern und stöhnte. »Bei den Göttern!«, rief ich leise, »hast du mich erschreckt!«

»Das tut mir leid«, meinte Silas und es hörte sich an, als würde er breit grinsen. »Du hast es geschafft! Ich bin stolz auf dich.«

»Danke. Hast du Verfolger gesehen?«

»Nein«, erwiderte er, »aber ich habe mich auch weit abseits der Wege gehalten.«

»Ich auch«, sagte ich. »Hast du etwas gegessen?«

»Ich kam an einem Olivenbaum vorbei«, sagte er. »Hier. Ich habe noch welche.«

Gierig steckte ich mir die Früchte in den Mund, die er mir hinhielt. Einige schluckte ich sogar mit Kern hinunter, nur um etwas in den Magen zu bekommen.

»Wir werden uns morgen wieder trennen«, eröffnete mir Silas und sah mich traurig an. »Ich will zu meiner Familie, ich kann nicht anders, aber dein Weg führt dich nach Norden.«

Ich nickte.

»Am besten gehst du zunächst nach Olympia, dort bist du erst mal vor Minas sicher. Von dort aus kannst du deine weitere Reise besser organisieren.«

Olympia ... meine Augen begannen zu leuchten.

»Doch du musst vorsichtig sein. Minas hat sicherlich Wachen in alle umliegenden Städte geschickt, die nach uns Ausschau halten sollen.«

»Sind wir denn so wertvoll?«, fragte ich verwundert.

»Nein, aber es ist eine Sache des Stolzes. Minas kann es nicht ertragen, wenn sich ihm jemand widersetzt. Aber außerhalb Spartas kann er nicht so frei agieren, wie er gerne möchte. Daher wird es keine große Suche geben, wir haben es geschafft. Doch trotzdem ist Vorsicht geboten.«

Silas führte mich zu einer kleinen Lichtung, die vom Mondlicht beschienen war. Er entfernte Gräser und Moos vom Boden, bis er eine freie Stelle geschaffen hatte, die er mit der Hand glatt strich. Dann nahm er einen Ast und kratzte eine Karte in die feuchte Erde.

Es dauerte lange, bis Silas mir meinen Weg nach Olympia und von dort nach Hause so erklärt hatte, dass ich mich zurechtfinden würde. Er ließ mich alles so oft wiederholen, bis er sicher war, dass ich es wirklich auswendig konnte. Dann legten wir uns gemeinsam zum Schlafen nieder – ein letztes Mal. Bei Tagesanbruch würden wir uns trennen.

***

Mia war mit den anderen Mädchen in Alikios' Harem eingesperrt. Er ließ alles für die Hochzeit vorbereiten, doch Mia war nur die Krönung seiner Sammlung, er hatte Dutzende Mädchen aus allen Teilen Griechenlands zu seiner Verfügung.

Mit Tränen in den Augen hielten sie sich gegenseitig an den Händen und warteten darauf, dass Alikios eine von ihnen zu sich holte. Wen würde es heute treffen?

Einige der Mädchen beteten in ihrer Verzweiflung, doch Mia nicht, sie dachte nur an eines: an mich. Sie sah mich vor sich, wie ich sie retten würde, sah, wie ich sie aus Alikios' Klauen befreien und sie sicher nach Hause bringen würde.

Da erschien Minas' Nachfolger mit einer Wache und ließ seine Blicke über die Mädchen schweifen. Schließlich zeigte er auf Mia …

Ich schrak hoch. Erschrocken sah ich mich um – ich war in dem Wäldchen, durch die Blätter sah ich die Morgensonne, die schon erstaunlich hoch stand.

Silas war fort. Er hatte es sicherlich nicht mehr ausgehalten und war schon in der Nacht aufgebrochen, um endlich zu seiner Familie zu gelangen. Er hatte immerhin über 20 Jahre auf diesen Tag gewartet …

Ich lauschte dem Gesang der Vögel und lehnte mich an einen Baum. Der Gedanke daran, was Mia gerade durchmachen musste, machte mir das Herz schwer. Trotz der nun glücklichen Umstände für mich konnte ich mein Glück nicht genießen, solange Mia noch in Gefangenschaft war.

Doch Schwermut würde mir kein guter Weggefährte sein und so verscheuchte ich die trüben Gedanken.

Ich streckte mich und stellte mit Freude fest, dass mir fast nichts mehr wehtat. Selbst meinem Bein ging es wieder gut. Lediglich der Hunger plagte mich noch.

Ich stand auf und trat auf die Lichtung, auf der immer noch Silas' Karte zu sehen war. Ich warf einen letzten Blick darauf, anschließend verwischte ich alles mit dem Fuß und streute Moos und Gräser darüber.

Dann verließ ich den Wald und trat in die Sonne, welche jetzt schon kräftig war und mir warm ins Gesicht schien. Ich ging nach Nordwesten.

Während ich nach etwas Essbarem Ausschau hielt, dachte ich an die anderen. Ob sie es alle geschafft hatten? Was würde mit denen geschehen, die von Minas' Wachen

erwischt wurden? Daran wollte ich lieber nicht denken und spähte mit zusammengekniffenen Augen angestrengt über die spärlich bewachsene Wiese, die ich gerade überquerte. Außer einigen gelben Sträuchern, die mir unbekannt waren, war nichts zu sehen.

Ich erfrischte mich an einem kleinen Bachlauf, dem ich folgte. Am frühen Nachmittag kam ich an einem Olivenhain vorbei. Vorsichtig sah ich mich um, aber da niemand zu sehen war, wagte ich es und pflückte hastig so viele Oliven, wie ich nur konnte. Ich sammelte sie in meinem schmutzigen Gewand und machte mich dann schnell aus dem Staub, um sie in einiger Entfernung zu essen, wo ich nicht riskieren musste, dass ein wütender Bauer mir zu Leibe ging.

Nachdenklich sah ich in den Himmel und betrachtete die Vögel, die in weiten Bögen ihre Bahnen zogen, schwerelos flogen, einfach frei waren. Was wäre das wohl für ein Gefühl?

Wieder richtete ich meinen Blick auf die Gestrüppwiese und rannte weiter Richtung Nordwesten, mit dem Ziel, noch heute in Olympia anzukommen und dort Hilfe zu suchen.

Nachdem ich mich gestärkt hatte, fühlte ich mich gleich viel kräftiger und kam deutlich schneller voran. Dabei dachte ich ständig an Olympia und sah mich schon auf dem Berg der Götter, dem Olymp. Ich sah immer mehr bestelltes Land, Olivenhaine, Felder und auch einige Ziegen. Ich musste schon ganz nahe sein.

Ich überlegte, was ich wohl für einen Eindruck machen würde. Ich hatte nichts außer einem zerschlissenen Fetzen am Leib, meine Haare waren ungepflegt – ich sah sicherlich völlig verwahrlost aus. Jeder würde sofort erkennen, dass ich ein entflohener Sklave war. Trotzdem fühlte ich mich frei. Frei wie ein Vogel. Und ich fühlte mich, als wäre ich schon immer frei gewesen, als hätte es die letzten Monate nie gegeben.

14

Der Tag neigte sich dem Ende entgegen. Ich mied weiterhin jeden Weg, schlug mich lieber durch Gebüsch und Wälder, um mich der Stadt vorsichtig zu nähern. Ich hatte Silas' Warnung noch im Ohr, dass Minas sicherlich seine Wachen ausgeschickt hatte, um uns aufzulauern. Sie würden auch die Zufahrtswege in die Städte überwachen, also musste ich einen anderen Weg wählen.

Ich erklomm einen Hügel und trat auf einen Felsvorsprung. Von dort sah ich in ein weites Tal hinunter. Ich konnte in der einsetzenden Dämmerung die Umrisse mehrerer Berge erkennen, die einen kleinen Wald umschlossen, in dessen Mitte eine Stadt lag.

Olympia!

Einige Male rieb ich mir die Augen, um auch ganz sicher zu sein, nicht zu fantasieren, doch dann wusste ich: Ich hatte es geschafft! Olympia lag vor mir!

Jetzt musste ich mir rasch einen Unterschlupf suchen, bevor es zu dunkel wurde, also begann ich, vorsichtig den Abgang hinunterzusteigen, was in dem Zwielicht gar nicht so leicht war. Vorsichtig tastete ich mit dem Fuß den Untergrund ab, bevor ich den nächsten Schritt machte, sprang langsam von einem Fels zum anderen und konzentrierte mich immer nur auf den Schritt, den ich gerade tat, um nicht zu stürzen.

Es dauerte eine kleine Ewigkeit, bis ich es geschafft hatte, aber nun war ich da – Olympia!

Vor mir sah ich eine weite Hügellandschaft, in deren Mitte Olympia in seiner vollen Pracht lag. Ich blickte mich um und versuchte den Olymp zu finden, doch ich konnte nur die dunklen Umrisse der Berge erkennen, die sich um das Tal schlossen. Die Stadt hatte etwas Magisches an sich, wie sie so im Mondlicht still dalag. Ich war auf der Flucht und lebte in Angst, doch jetzt und hier fühlte ich mich geborgen. Die Umrisse der Gebäude erweckten in mir den Eindruck, dass Olympia womöglich die schönste griechische Stadt war. Sie war nicht so wie Sparta, mit engen Gassen und düsterer Atmosphäre, sondern eher einladend, mit breiten Wegen und hohen Gebäuden.

Neben einem Feld sah ich eine kleine Hütte. Ich näherte mich ihr, doch in einiger Entfernung blieb ich stehen und lauschte. Als ich mir sicher war, niemanden zu hören, schlich ich leise näher. Dann erkannte ich, dass es ein Stall war und öffnete die Tür. Der Stall war leer, aber in einer Ecke lag noch Stroh. Ich machte es mir gemütlich und war praktisch sofort eingeschlafen, denn so bequem hatte ich es nicht mehr gehabt, seit ich verschleppt worden war.

***

»He, aufwachen!«, schrie eine Stimme.

Das Erste, woran ich dachte, war Dratules, der uns im Morgengrauen aus dem Schlaf riss. Dann öffnete ich die Augen und wurde vom Sonnenlicht geblendet, das durch die offene Stalltür fiel.

Eine Frau in schöner Bauerntracht starrte mich entsetzt an, neben ihr stand ein Mann, der mich wütend ansah. Ich sprang auf und blickte mich panisch um, doch außer der Tür, die von dem Mann versperrt wurde, gab es keinen Ausweg.

Der Mann bewegte sich nicht von der Stelle und sprach noch einmal, diesmal lauter: »Was machst du in unserem Stall?«

Ich öffnete den Mund, schloss ihn aber gleich wieder. Ich wusste nicht, wie ich diesem Ehepaar erklären sollte, wie ich hierhergekommen war.

»Es tut mir leid, mein Herr, ich … ich …«, brachte ich schließlich mühsam hervor.

Der Mann musterte mich nun eingehend. »Du trägst ja ganz zerfetzte Kleider, Junge, woher kommst du?«

Was sollte ich groß sagen? Außer der Wahrheit blieb mir nichts: »Von … von Sparta, mein Herr. Ich bin ein Sklave!«

Die Frau sah nun ihren Mann mit großen Augen an und nahm dann meine Hand: »Komm her, mein Junge, zuerst mal wirst du dich bei uns erholen. Du bist ja ganz abgemagert!«

Mit pochendem Herzen folgte ich den beiden, die

mich zu ihrem Haus brachten, das ganz in der Nähe war. Ich konnte mein Glück nicht fassen und rechnete jeden Moment damit, dass Minas' Schergen aus den Büschen sprangen, um mich zu packen und den Bauersleuten eine Belohnung zu bezahlen, weil sie mich geschnappt hatten.

Nun betrat ich eine wunderschöne Küche, so schön, wie ich sie bisher nur in meinen Träumen gesehen hatte. Die Möbel waren aus schönem hellen Holz gebaut und mit herrlichen Schnitzereien verziert, während die Wände weiß gekalkt und mit einem grünen Muster versehen waren. Die Stühle hatten Lehnen und es lagen Kissen darauf; der Tisch war groß und glatt mit einer Schale darauf, die mit Früchten gefüllt war, sodass mir das Wasser im Mund zusammenlief.

Ich durfte mich setzen und die Frau gab mir frisches Brot und Wasser und Obst. Besorgt sah sie mir zu, wie ich hastig alles in mich hineinstopfte, als könnte es mir jeden Moment wieder entrissen werden. Sie schüttelte den Kopf und meinte: »Iss in Ruhe, Junge, hier bist du sicher.«

Ich sah sie mit großen Augen an und bemühte mich, etwas langsamer zu essen, aber da war ja auch noch der Hunger …

Der Mann hatte sich inzwischen neben mich gesetzt und musterte mich eingehend.

»Woher kommst du?«, fragte die Frau schließlich.

»Wie gesagt, ich war in Sparta ein Sklave.«

»Und davor?«, wollte der Mann wissen.

»Da wohnte ich in Fridos, in der Nähe von Argos!«

Der Mann sah mich ungläubig an. »Fridos?«

»Ja, aus Fridos. Die Spartaner wollen Krieg gegen Fridos führen, weil einst …«

»Ich kenne die Geschichte von Heldos. Ich bin selbst Spartiat. Bis du bereit, dein Dorf zu verteidigen?«

»Ich würde meine Stadt bis in den Tod verteidigen«, erwiderte ich entschlossen, »jedoch kann ich nicht kämpfen«, fügte ich etwas leiser hinzu.

Der Mann rieb sich das Kinn. »Ich lebte früher in Sparta und wurde in der Agoge als Krieger aufgezogen. Zum Kämpfen geboren«, er schluckte. »Doch als unser Kind«, jetzt sah er seine Frau an, die den Blick mit trauriger Miene auf den Boden gerichtet hatte, »… als unser Kind ausgesondert wurde, zogen wir nach Olympia.« Einen kurzen Moment lang schien er zu überlegen, dann fuhr er fort: »Was würdest du mir als Gegenleistung bieten, wenn ich dich zum Krieger ausbilde?«

»Ich bin ein guter Feldarbeiter«, sagte ich. »Und der Stall reicht mir zum Schlafen völlig.«

»Wie heißt du?«

»Thymios, mein Herr!«

»Gut!« Er schüttelte mir die Hand. »Ich bin Efthimis und das ist Leandra«, sagte er mit Blick auf seine Frau, die gerade dabei war, die schmutzigen Tonteller und das Besteck vom Tisch zu räumen. »Du hilfst uns bei der Feldarbeit, bis die Ausbildung abgeschlossen ist.«

Ich stand auf und wollte Leandra beim Abräumen helfen, als Efthimis munter rief: »Komm, die Agoge beginnt jetzt!«

Gleich nach der Geburt eines spartanischen Knaben wird dieser genauestens untersucht. Die Eltern stehen dabei mit dem Untersucher nur ein paar Schritte neben einer Klippe, unter der das wilde Wasser eines Flusses an den scharfen Felsen hochspritzt. Der Untersucher überprüft das Kind genau. Ist das Kind schwach oder zeigt es nur den kleinsten Makel, wird es die Klippe hinuntergeworfen.

Wenn das Kind die Untersuchung besteht, bleibt es sieben kurze Jahre bei seinen Eltern, in dieser Zeit lernt es vom Vater die Technik des Zweikampfs. Doch das Kind darf nie zurückweichen, muss gehorchen und harte Schläge einstecken können. Der Junge soll einmal ein harter Krieger werden.

Mit sieben Jahren wird der Junge seinen Eltern entrissen und in eine Welt der Gewalt gesteckt; die *Agoge*, wie die Spartaner ihr Erziehungssystem nennen, beginnt. In der Agoge werden die Jungen gegen Hitze, Frost, Schmerz und Hunger abgehärtet. Sie trainieren ohne Rücksicht auf Leib und Leben, klaffende Wunden und Knochenbrüche sind an der Tagesordnung. Auf diese Weise lernen sie, bis sie 14 Jahre alt sind, die Grundlagen des Kampfes. Sie müssen sich in zahllosen Kämpfen untereinander messen, dürfen nur in Untergewändern umherlaufen, stets mit nackten Füßen, und müssen im Freien schlafen. Die Älteren müssen auf die Jüngeren aufpassen und ihnen alles beibringen, was sie selbst schon gelernt haben, wer nicht gehorcht, wird ausgepeitscht; dabei darf man keinen Laut von sich geben.

Ist der Junge dann 14 Jahre alt, wird er in eine neue Gruppe gesteckt, die sich mit der Waffenkunde befasst. Den jungen Männern wird bis zu ihrem 20. Lebensjahr der Umgang mit den Waffen beigebracht, dabei sollen sie eine Einheit bilden und einander in der Schlacht mit den Schildern schützen.

Wenn der Junge die Agoge absolviert hat, wird er zum Vollbürger und darf sich Spartiat nennen. Auf diese Weise bringt Sparta die besten und härtesten Krieger ganz Griechenlands hervor. Nur die Königssöhne bleiben von dieser Prozedur verschont.

15

Efthimis packte den Rest Brot und einen Lederbeutel mit Wasser in eine Umhängetasche und schritt vor mir aus dem Haus.

Er führte mich den Hügel hinauf, den ich in der vorigen Nacht erst mühsam heruntergeklettert war. Der Weg, den er nahm, war allerdings wesentlich einfacher.

Oben angekommen, legte er die Tasche unter einen Baum und baute sich vor mir auf.

»Die Agoge beginnt nun und ich bin dein Meister. Du wirst mir bedingungslos gehorchen, ist das klar?«

»Ja, mein Herr!«, erwiderte ich knapp.

Dann befahl Efthimis: »Los, zieh dich aus. Während der Agoge trägst du nur einen Lendenschurz.«

Ich zögerte einen Moment, führte den Befehl jedoch aus. Dann reichte ich meine Kleidung Efthimis, der jedoch nur auf die Klippe zeigte, an der wir standen. Ungläubig sah ich ihn an und warf dann meine Kleidung den Hang hinunter.

Schon traf mich ein harter Stoß und ich stürzte zu Boden. Sofort sprang ich wieder auf und starrte Efthimis verwirrt an.

»Bist du bereit zu kämpfen?«, fragte er.

»Aber … ich kann nicht kämpfen, ich …«

Wieder traf mich ein harter Schlag im Gesicht und ich fiel ein zweites Mal zu Boden.

Jetzt hatte ich den Geschmack von Blut im Mund.

»Die Spartaner warten nicht, bis du bereit bist!«

Ich stand wieder auf und hob die Hände vor mein Gesicht. Da traf mich ein Schlag in den Bauch.

»Versuche immer, deinen ganzen Körper zu schützen!«

Ich sprang vor und schlug nach ihm, doch er wich mir geschickt aus, nutzte meinen eigenen Schwung, drehte mich damit herum und warf mich so auf den Rücken.

»Behalte stets dein Gleichgewicht, dein Körper muss eine Einheit sein!«

Ich biss die Zähne zusammen und stand noch einmal auf. Jetzt umkreiste ich Efthimis langsam und versuchte noch einmal, ihn zu schlagen, doch er bückte sich und warf mich um. Jetzt lag ich wieder auf dem Rücken und ehe ich michs versah, lag Efthimis auf mir und schlug mir ins Gesicht.

Er erhob sich, hielt mir die Hand hin und half mir aufzustehen.

Efthimis sah mich freundlich an, als wäre gerade nichts passiert. »Bei dir muss ich ganz unten anfangen. Hast du dich denn als Junge nie geprügelt?« Dann blickte er wieder erst: »Was, glaubst du, werde ich aus dir machen, Thymios?«

»Einen Spartaner, Herr!«

»Nein, Thymios, nein. Du wirst nie ein Spartaner sein, da kein spartanisches Blut in dir fließt. Doch ich werde aus dir einen Fridianer machen, der den Spartaner würdig ist! Verstanden?«

»Ja, Herr!«

Jetzt sah mich Efthimis noch einmal prüfend an »Also wehre dich, Thymios!«

Er schlug wieder nach mir. Ich hob abwehrend den Arm.

Er nahm meinen rechten Arm und führte ihn vor sein Gesicht, dann holte er in Zeitlupe aus und berührte sanft meinen Arm.

»Wehre den Feind ab!«

Jetzt drückte er ein bisschen gegen meine Arme.

»Und stoße mit der Kraft des Feindes wieder zurück!«

Er stieß mit seinem rechten Arm gegen meinen, sodass ich zurückstolperte.

»Jetzt nimmst du den anderen Arm und drückst ihm die Klinge zwischen die Rippen!«

Er ballte seine linke Hand zu einer Faust und drückte damit gegen meine Rippen.

»Los! Versuch es!«

Wir übten zuerst langsam, bis ich verstanden hatte, wie ich mich zu bewegen hatte, dann steigerten wir das Tempo. Er schlug mich nun nur noch selten und das auch nur, damit ich mir mehr Mühe gab, ihn abzuwehren. Runde um Runde fochten wir Übungskämpfe aus, bei denen ich nicht nur lernte, die richtigen Bewegungen auszuführen, sondern auch rechtzeitig zu erkennen, was mein Gegner als Nächstes machen würde, um darauf zu reagieren.

Ein weiteres Mal gingen wir in Stellung und Efthimis griff mich an. Sofort ergriff ich die Initiative und wehrte seinen Schlag so stark ab, dass Efthimis auf den Boden fiel. Jetzt musste ich lachen. Es war mir tatsächlich gelungen, Efthimis zu schlagen, und dies schon am ersten Tag.

»Wieso lachst du?«, fragte er, als er da vor mir lag. »Du hast gerade dein Leben verwirkt!« Mit der linken Faust schlug er mir ans Knie, sodass ich rückwärts umfiel, dann setzte er sich auf mich und symbolisierte mit seiner Faust ein Schwert, welches er in meinen Bauch rammte und schließlich zu sich zog.

Ich seufzte, als er mir wieder auf die Beine half. Da lag noch ein langer Weg vor mir.

Wir machten weiter, bis die Sonne in einem rötlichen Licht hinter uns unterging. Über uns waren die Sterne zu sehen, die in dieser Nacht funkelten und blitzen, als wären sie Juwelen.

Die einsetzende Kälte machte mir nichts, der dünne Fetzen, der nun am Fuß der Klippe lag, hätte keinen großen Unterschied gemacht. Die Spartaner hatten mir in der Gefangenschaft zwar nicht beigebracht, wie man kämpft, aber alles andere, was zur Agoge gehört, war mir bereits bekannt.

Efthimis holte das Brot, welches er eingepackt hatte, und aß genüsslich davon, während er zu mir schaute. »Du wirst dein Essen verdienen müssen. Wenn du Hun-

ger hast, musst du gegen mich kämpfen und dir das Brot holen, sonst bekommst du nichts.«

Ich nickte und griff sofort an. Ich versuchte, ihn auf Bauchhöhe umzuwerfen, doch Efthimis machte einen Schritt zur Seite und ich stürzte. Schnell rappelte ich mich wieder auf, denn schon griff Efthimis an, der mir einen Schlag verpassen wollte, aber ich wehrte geschickt ab und stieß ihn mit seinem eigenen Schwung zurück. Dabei fiel er vor mir auf die Knie, worauf ich übermütig lachte, doch Efthimis stieß mich von unten aus um. Ich wollte noch einmal aufstehen und weiterkämpfen, doch mein Rücken schmerzte fürchterlich und ich konnte einfach nicht mehr. Und auch wenn ich es geschafft hätte, hätte mich Efthimis doch wieder besiegt. Für heute gab ich die Hoffnung auf das Brot auf.

»Na komm schon, gehen wir. Morgen wirst du auf dem Feld arbeiten, übermorgen trainieren wir weiter.«

Ich nickte. Ich konnte von Glück reden, Olympia überhaupt erreicht zu haben und nun auch noch ausgebildet zu werden … das war mehr als Glück, da mussten die Götter die Hände im Spiel haben, das stand für mich fest.

***

Ich schlief im Freien, wie es die Agoge verlangte, aber in der Nähe des Hauses. Als Efthimis und Leandra am nächsten Morgen aufstanden, hörte ich sie, stand ebenfalls auf, wusch mich am Brunnen und ging zu ihnen in die Küche.

Leandra stellte uns Hirsebrei hin, der in einem Kessel über der Feuerstelle hing. Er war kalt, wohl noch vom Vortag, aber ich war zufrieden.

Dann folgte die Feldarbeit, die mir ohne Ketten oder Stricke um einiges leichter von der Hand ging.

Efthimis zeigte sich beeindruckt: »Kämpfen kannst du zwar nicht, aber kräftig bist du, auch wenn man dir das nicht ansieht. Die spartanische Sklaverei bringt offenbar auch harte Männer hervor, was?«

Ich nickte. Es missfiel mir, irgendetwas Positives in der Sklaverei zu sehen.

Am Abend gab es eine warme Mahlzeit, um die ich mich nicht schlagen musste, dann legten wir uns auch schon zur Nachtruhe nieder. Es war nicht viel anders als bei mir zu Hause, nur dass ich da in einem Bett schlief und nach dem Essen noch mit Mia zusammen war … Mia … Ich träumte mit offenen Augen von ihr, sah ihr liebliches Gesicht in den Sternen, die über mir funkelten, im Mond, der blass am Himmel hing und in jedem Wolkenfetzen, der vorbeizog. Dann schlief ich ein, sicher, sie bald befreien zu können.

***

Am nächsten Tag kletterten wir wieder hoch zur Klippe und setzten das Training fort.

Kaum hatte er die Tasche mit Brot und Wasser abgestellt, begann Efthimis auch schon den Kampf und versetzte mir einen Faustschlag in den Bauch. Ich stöhnte überrascht und machte einige Schritte nach hinten. Wieder versuchte Efthimis mich anzugreifen, doch diesmal wehrte ich ihn mit den Armen ab und stieß ihn zurück. Doch das ließ sich Efthimis nicht gefallen, wiederholte seinen Schlag mit doppelter Kraft und traf mich in die Rippen. Ich sprang vor und schlug ihn unerwartet ins Gesicht, doch als ich Efthimis danach den Rücken zudrehte, sprang er auf mich und stieß mich zu Boden. Während er mir ins Gesicht schlug, sagte er: »Dreh dem Feind niemals den Rücken zu!«

Ich nickte stumm. Als er aufstand und mir dabei den Rücken zudrehte, sprang ich hoch und griff ihn von hinten an. Ich warf ihn um und schlug ihm ins Gesicht. »Dreh dem Feind nie den Rücken zu!«, sagte ich.

Er grinste breit und nickte. Ich glaube, das war der Moment, als er sicher war, dass er tatsächlich einen Krieger aus mir machen konnte.

Wir wechselten Training und Feldarbeit ab, allerdings stand die Feldarbeit im Vordergrund. Ich musste ja nicht nur Efthimis' Arbeitskraft ersetzen, die an den Tagen des Trainings fehlte, sondern mir auch mein Essen verdienen. Auch in Olympia erwirtschafteten die Bauern gerade genug für sich selbst und die unvermeidlichen Abgaben, trotzdem diese hier etwas bescheidener ausfielen als in Fridos.

Alles in allem war ich zufrieden, denn ich wurde gut behandelt und bekam ausreichend zu essen. Dadurch setzte ich langsam, aber sicher Muskeln an, die ich noch brauchen würde. Ich war jetzt 15 Jahre alt und kurz davor, ein richtiger Mann zu werden.

Und das Wichtigste: Ich war frei! Das Training und die Arbeit waren hart, aber ich hatte es mir freiwillig ausgesucht, wurde nicht gezwungen. Ich war ein freier Mann, und wenn ich wollte, konnte ich jederzeit gehen und alles hinter mir lassen - doch was hätte mir das genützt? Aus der Sklaverei zu fliehen war das eine, doch einem Tyrannen die Braut zu rauben etwas ganz anderes. Wenn ich die Gelegenheit bei Efthimis nicht nutzte, würde ich nie zu dem werden, der ich sein musste, wenn ich Mia retten wollte. Hilf dir selbst, dann helfen dir auch die Götter! Das war mein neuer Leitspruch, denn die Götter waren auf meiner Seite, seit ich mich in jener Gewitternacht entschlossen hatte, mein Schicksal selbst in die Hand zu nehmen.

16

Fast ein Jahr war vergangen, seit ich nach Olympia gekommen war. Ich war bald 16 Jahre alt und hatte bereits Haare im Gesicht, die sich durchaus als *Bart* bezeichnen ließen. Noch dünn, aber dennoch vorhanden.

Efthimis hatte mich nicht nur im Zweikampf trainiert, sondern auch die Grundprinzipien der Agoge wieder aufgenommen. Genauso wie ich im Freien schlief, lernte ich nun auch, ohne Wasser und Nahrung in der Wildnis zurechtzukommen. Dazu hatte er mich für zwei ganze Wochen oben an der Klippe schlafen lassen, zwar ohne Feldarbeit machen zu müssen, aber auch ohne etwas zu essen zu bekommen. Ich musste lernen, mich selbst zu versorgen, Wasser im Boden zu finden oder es aus Pflanzen herauszupressen. Wenn ich Hunger hatte, musste ich essbare Wurzeln finden oder Käfer und Würmer essen – oder ein Kaninchen oder Vögel töten.

Der Wald war voller Tiere, aber töten, um zu essen? Ich war ein Bauernjunge und einfache Bauernkost gewohnt. Fleisch und Fisch waren nur für die Reichen. Allein beim Gedanken daran, ein Tier zu töten, um dann seinen Kadaver zu essen, wurde mir schlecht. Schnecken und Würmer waren allerdings auch nicht besser, also lernte ich, wie man von den Früchten des Waldes lebte. Davon wurde man oft nicht satt, aber zum Überleben reichte es.

Eines Tages brachte Efthimis zwei Holzschwerter mit zur Klippe. »Du bist nun bereit, Waffen zu benutzen!«, sagte er.

Ich betrachtete es lange, wog es in der Hand, dann stellte ich mich zum Kampf auf. Er nickte. Ohne zu zögern führte ich einen Schlag zu seinem Kopf, er wehrte ihn jedoch ab und traf mich an den Rippen. Ein kurzer stechender Schmerz durchfuhr mich, doch kein Laut kam mir über die Lippen.

»Wenn du dem Gegner ins Gesicht schlägst, dann tritt ihm auch mit dem Fuß in den Bauch, sonst liegst du bald auf dem Boden!«

Wieder versuchte ich mein Glück und schlug Efthimis diesmal in den Bauch, doch der trat einen Schritt zurück und schlug mir an den Hals.

»Ausweichen ist wichtiger als schlagen!«, erklärte er und griff sofort erneut an.

Diesmal wehrte ich den Schlag geschickt ab und stieß ihn mit dem Fuß zu Boden, dann schlug ich ihm mit dem Schwert in den Bauch.

»Nicht schlecht für das erste Mal, doch der Bauch ist nie eine sichere Stelle!« Jetzt hob er sein Schwert und schlug mir mit der Holzklinge an den Brustkorb. »Wenn du jemandem in den Bauch stichst, dann drück mit deinem Fuß so fest du kannst auf die Hand des Gegners, mit der er sein Schwert hält!«

Wieder nickte ich still.

Wir übten den ganzen Tag mit den Schwertern und es machte mir großen Spaß zu merken, dass ich immer besser wurde – ich hatte wohl ein gewisses Talent dafür. Auch wenn ich nicht töten wollte, nicht mal das Blut von Spartanern an meinen Händen kleben haben wollte, wusste ich doch auch, dass ich keine andere Wahl hatte. Ich musste mein Dorf beschützten und Mia retten – wehe dem, der sich mir in den Weg stellte!

Wir hörten erst auf, als er mir das Schwert von unten wegschlug und es mir ins Gesicht knallte. Mein Auge schwoll sofort an und Efthimis musste so sehr lachen, dass ich ihn mir leicht hätte schnappen können, aber stattdessen entfachte ich ein Feuer, vor das wir uns setzten.

Wir brachen gemeinsam das mitgebrachte Brot. Gedankenverloren starrte ich in das Feuer, welches mich an die Thesmophoria erinnerte.

»Du machst gute Fortschritte, Thymios«, sagte Efthimis schließlich.

»Ja. Nicht mehr lange, dann werde ich beim Kampf um Fridos nützlich sein können.«

»Hm. Ja. Du sprichst immer davon, deine Heimat zu verteidigen, viel wichtiger scheint mir jedoch zu sein, worüber du nicht sprichst.«

Ich sah Efthimis eingehend an.

»Es mag schon sein, dass du dein Dorf liebst …«

»Stadt!«, warf ich ein. »Die bessere Hälfte der geteilten Stadt.«

»Ist sie so groß wie Olympia?«

Ich schüttelte den Kopf.

»… dass du dein *Dorf* liebst «, fuhr er grinsend fort, »doch etwas anderes liebst du noch viel mehr, stimmt's?«

Nun sah ich Efthimis mit einem schiefen Lächeln an, wobei wir beide wussten, dass er mit dieser Frage ins Schwarze getroffen hatte. »Ja, ich habe dir nichts von Mia erzählt. Von Mia zu erzählen … macht mich weich und dann kriege ich beim Training wieder nur ein blaues Auge«, lachte ich.

Er sah mich ernst an und ich erzählte ihm von meiner großen Liebe, von ihrer Schönheit, ihrer Sanftheit, von dem einen einzigen Kuss, der uns vergönnt war, und von dem finsteren Sohn des Tyrannen, der sie zur Frau genommen hatte und in seinem Palast gefangen hielt.

Er ließ das Gesagte auf sich wirken, schüttelte schließlich den Kopf und meinte: »Du wolltest nie ein Krieger werden!«

Ich nickte still und starrte wieder mit glasigen Augen in das Feuer. »Nein, ich wollte Politiker werden!«

Efthimis lachte laut auf: »Thymios, der Politiker!«

Auch ich musste lachen: »Ja, genau, doch Träume können sich nun mal ändern. Wie mein alter Freund Linos zu sagen pflegte: Es ist wie bei einer Schriftrolle – die ersten Zeilen sind schon geschrieben, doch die nächsten Zeilen kann man immer selbst schreiben!«

17

Die Monate gingen ins Land, die Ernte wurde eingebracht und Efthimis setzte Speere auf den Trainingsplan. Und er brachte auch zwei Schilde mit, die er mir voller Stolz zeigte. Sie hatten schon unzählige Dellen von Speeren und Pfeilen. Er behauptete, dass sie seine Glücksbringer wären und nicht mal das beste Schwert der Welt sie spalten könne.

»Das Wichtigste im Kampf bist nicht du, es ist der Krieger neben dir. In Sparta schützen wir den Krieger links von uns mit dem Schild. Deshalb wird in der Agoge auch so viel Wert darauf gelegt, dass die Männer zu einer Einheit werden. Das können wir jetzt natürlich nicht machen und nur die Götter wissen, ob du mal in einer Einheit kämpfen wirst, aber du musst deinen Feind kennen und daher wirst du die Kampftechniken der Spartaner erlernen. Verstanden?«

Ich nickte stumm, während ich die verbeulten Schilde bewunderte.

Dann reichte mir Efthimis Schild und Speer und begann mir Techniken der Verteidigung zu zeigen.

»Du bist der Mann zu meiner Linken, Thymios, ich schütze dich im Kampf!«

Er hob sein Schild vor mich und verdeckte so meinen halben Körper.

»Dazu den Speer als Distanzwaffe, so kämpft man in der Gruppe, das ist etwas anderes als der Schwertkampf, das ist eher etwas für Einzelkämpfe. Wenn die Gruppe aufgespalten ist, wenn die abgebrochenen Speere bereits in den feindlichen Pferden oder Reitern stecken, dann erst greift man zum Schwert und stürzt sich auf den Feind. Bis dahin bildet man die Einheit, eine Festung. Verstehst du?«

Jetzt stieß er mit der rechten Hand den Speer nach vorne, neben dem Schild.

Das machte ich ihm ein paarmal nach.

»Zuerst werden sie nur gehalten, damit der Feind sich darauf werfen kann. Ist dann Tumult an vorderster Verteidigungslinie, dann stößt man mit dem Speer nach allem, was sich bewegt.«

Ich nickte wieder und stocherte mit meinem Speer in der Luft herum. Ich hatte immer gedacht, Speere seien nur zum Werfen da, aber das galt wohl nur bei den Spielen, die hier alle vier Jahre ausgetragen wurden.

»Gut, Sparta ist eine Einheit, das musst du dir stets vor Augen halten. Wenn Spartaner angreifen, dann als Gruppe, dann kommen die Schilde als Schutz und die Speere dazwischen.«

Er kniete nieder, während er den Speer vor sich neben dem Schild hielt und mich ansah. Jetzt tat ich es ihm nach und kniete neben ihm auf den Boden.

Er sah mich an: »Das Wichtigste ist, den Befehlen des Heerführers zu gehorchen; wenn der Feind mit voller Kraft ankommt, dann drückst du so fest du kannst gegen die Masse. Aber vergiss den Speer nicht! Wenn der Kommandant befiehlt zu stoßen, dann wird gestoßen, vorher wird nur gehalten.«

Efthimis stieß zuerst seinen Körper gegen sein Schild und dann seinen Speer nach vorne.

»Die Spartaner sind eine Einheit und hören genau auf das Kommando des Heerführers. Wenn der Befehl kommt, die Reihen zu öffnen, dann nimmt man die Schilde beiseite, macht einen halben Schritt vor und stößt gleichzeitig zu, dann zurück und die Einheit schließt sich wieder!«

Efthimis machte es mir erneut vor. Ich sah fasziniert zu.

»Die Spartaner greifen so an. Wenn du ihnen zu nahe kommst, töten sie dich mit dem Speer. Wenn du alleine bist oder nur mit einer kleinen Gruppe, dann werfen sie den Speer und greifen danach mit dem Schwert an.«

Er warf nun den Speer etwa fünf Meter weit, zückte sein Schwert und fuchtelte damit in der Luft herum.

Eifrig machte ich ihm alles nach und stellte mir vor, ich wäre bereits im Kampf.

Es gab zahlreiche Manöver, die er mir erklärte und demonstrierte. Ich machte sie nach und verinnerlichte sie, so gut es ging. Ich lernte, wie eine spartanische Kampfeinheit funktionierte, wie tödlich sie war, aber auch, wo ihre Schwachstellen lagen – der Kommandant war eine davon.

Dann sollte ich den Speerwurf erlernen. »Den Stamm des Baumes dort drüben … ein Ziel dieser Größe musst du auf diese Entfernung sicher treffen können! Das ist auch die Distanz, die du dir merken musst, wenn du auf Spartaner triffst, die ihre Speere noch haben.«

Jetzt warf er seinen Speer elegant und traf den Baum genau in der Mitte.

Staunend versuchte ich es selbst, nahm ein paar Schritte Anlauf, hob den Arm und schleuderte den Speer in Richtung des Stammes, doch er landete etwas seitlich vor dem Stamm auf dem Boden. Enttäuscht wendete ich meinen Blick von meiner Schande ab und sah Efthimis an.

Dieser trat auf mich zu, schlug mir zweimal hart ins Gesicht und knurrte: »Krieger treffen das Ziel, und wenn nicht, dann kommen sie nicht auf die Idee, den Blick abzuwenden und nach Hilfe zu suchen!«

Mit hochrotem Kopf ging ich den Speer einsammeln und versuchte es erneut, doch auch diesmal landete der Speer neben dem Baum.

»Deine Anlaufschritte sind zu kurz. Krieger machen große Schritte. Dein rechter Arm geht zu weit hoch – Krieger werfen den Speer dicht über dem Kopf, sodass sie das spröde Holz des Speeres riechen können. Und deine Haltung ist nach hinten gebeugt, Krieger beugen sich

beim Wurf ein wenig nach vorne. Und dein größter Fehler, Thymios: Du denkst zu viel. Athener sind Politiker, Denker, doch Spartaner sind Krieger, sie überlegen nicht, wenn sie töten!«

Ich nickte stumm und holte noch einmal Anlauf. Diesmal machte ich große Schritte, hob den Speer dicht über den Kopf, beute mich leicht nach vorne und dachte über nichts nach, hatte nur das Ziel vor Augen, sah den Speer im Geiste schon fliegen, seine Flugbahn, an deren Ausgangspunkt mein Speer sein würde, wenn ich ihn schleuderte – und ehe ich michs versah, steckte der Speer im Baum … und fiel gleich wieder runter, weil ich nicht kräftig genug geworfen hatte, aber immerhin hatte ich getroffen!

»Schon besser, jetzt brauchst du nur noch mehr Kraft, denn der Speer nützt dir nichts, wenn er den Feind nur berührt und nicht durchbohrt!«

Als Nächstes ging es um die Abwehr mit dem Schild. Efthimis zeigte mir die Macht des Schildes, wie man damit Speere, Pfeile und die Schwertstöße des Feindes abwehrte, den Gegner mit dem Schild rammte, ihm damit das eigene Schwert mit dem Griff voraus in die Rippen hämmerte oder ihm damit gar den Kopf abtrennte, wenn er denn ungeschickt genug war, das zuzulassen.

»Das Schild ist dein bester Freund im Kampf, Junge!«, sagte er immer wieder.

Wir verbrachten die nächsten Wochen damit, uns intensiv mit der spartanischen Kampfeinheit zu beschäftigen, gleichzeitig lernte ich, Schild und Speer einzusetzen.

***

»Vor was fürchtest du dich, Thymios?«, fragte Efthimis eines Tages.

Ich sah ihn verwundert an, dann wurde mein Blick weich: »Sie zu verlieren!«

»Gut, dann werde ich dir deine Furcht nehmen müssen«, begann Efthimis. »Schließe deine Augen und stell dir Fridos vor.«

Ich tat, wie mir geheißen, und problemlos konnte ich Fridos vor meinem geistigen Auge sehen. Ich sah bekannte Gesichter, die Hütten, den Brunnen …

»Jetzt bist du auf deinem Feld und genießt den Sonnenuntergang.«

Ich nickte versonnen, die Augen weiter geschlossen und in meine Vorstellung versunken.

»Plötzlich ruft dich Mia zu sich und du erkennst sie, nicht weit von dir entfernt. Ihr rennt euch lachend entgegen und du umarmst sie, während du ihre Arme um deinen Hals spüren kannst.«

Jetzt wurde mir ganz warm ums Herz und ich konnte Mias Arme spüren, die zarte Haut, roch ihr Haar …

»Und plötzlich ein Zischen!«, schrie Efthimis. »Mia sinkt zu Boden, ihr Blut tränkt dein Gewand. Ein Pfeil hat sie durchbohrt, der aus dem Hinterhalt abgeschossen wurde. Weiter hinten siehst du Alikios mit einem Bogen in der Hand. Er grinst und legt einen weiteren Pfeil ein. Was tust du?«

Ich war über die Worte Efthimis' entsetzt, hatte die Augen fest zusammengekniffen und spürte, wie mein Herz stockte.

»Ich versuche, Mia zu helfen!«, antwortete ich schließlich leise.

Ich bekam eine gewaltige Ohrfeige, sah Sterne und stürzte verblüfft zu Boden.

Efthimis sah mich mit ernster Miene an, sein Blick strahlte schon fast Enttäuschung aus. »Nein, falsch! Du gehst dir den Spartaner holen, der Mia getötet hat!«

Er trat nach mir. »Verstanden?«

»Ja, Herr!«

***

Schließlich kombinierten wir alle Kampftechniken und ich lernte abwechselnd, mit dem Schwert, den Fäusten und dem Speer zu kämpfen, dabei das Schild zu benutzen, solange es möglich war. So stürmte ich erst mit dem Speer voraus auf Efthimis zu, er tat es mir gleich, dann donnerten unsere Schilde aneinander, die Speere wurden weggeschlagen und sogleich das Schwert gezogen, um dem Gegner in den Rücken zu fallen. Wenn man das Schild nicht rechtzeitig herumgerissen bekam, ließ man es fahren und rollte sich ab, um unter den gegnerischen Angriffen abzutauchen und eine andere Möglichkeit zu finden. Das konnte auch darauf hinauslaufen, dass man das Schwert fallen ließ und am Gegner hochsprang, ihn umklammerte, bis auch er Schwert und Schild fallen lassen musste. Auf diese Weise hatte ich den Kopfstoß kennengelernt, mit dem Efthimis mich überraschte, als es mir gelungen war, ihn zu entwaffnen – er war plötzlich direkt vor meiner Nase, umklammerte meine Arme und verpasste mir eine unglaubliche Beule. Später habe ich dann festgestellt, dass es immer wehtat, ob man nun einen Kopfstoß ausführte oder einen verpasst bekam.

Es gab unglaublich viele Kombinationsmöglichkeiten, doch letztlich ging es darum, in jeder Situation die Kontrolle zu behalten. Wenn man zum Beispiel das Schild aufgeben musste oder einem das Schwert aus der Hand geschlagen wurde. Wenn man auf jede noch so hoffnungslos wirkende Situation vorbereitet war, konnte einen nichts mehr überraschen, man selber war aber stets für eine Überraschung gut.

18

Der Winter kam, dann die Wintersonnenwende, und im Januar fiel sogar ein wenig Schnee, der jedoch nicht lange liegen blieb. Ich hatte alles gelernt, was Efthimis mir über die Kampftechnik der Spartaner beibringen konnte. Ich beherrschte jede einzelne von ihnen, kannte alle Befehle und Kommandos sowie die spartanischen Strategien und Vorgehensweisen. Ich kannte weder Angst, noch machten mir Kälte oder Hitze etwas aus. Ich konnte tagelang ohne Nahrung auskommen und mit dem Speer auf 50 Schritt einen Mann treffen – wenn er sich nicht bewegte.

Eines Tages war es dann so weit: Efthimis erklärte mir, dass er mir nichts mehr beibringen könne. Es kam bei unseren Übungskämpfen kaum noch vor, dass er mich überraschte oder gar gewann.

»Es ist Zeit für deine letzte Prüfung«, meinte er.

Ich sah ihn gespannt an.

»In den Wäldern um Olympia gibt es Wölfe«, sagte er. »Du hast ihnen des Nachts schon oft zugehört.«

Ich verstand nicht, worauf er hinauswollte.

»Wölfe leben in Rudeln, wie du weißt, aber es gibt einen, der alleine umherzieht. Es heißt, er ist gefährlicher als ein ganzes Rudel. Bring mir sein Fell.«

Mir war klar, worauf Efthimis hinauswollte – ich hatte bisher noch nicht getötet, da ich es vorzog, mich von den Früchten des Waldes zu ernähren, wenn ich auf mich allein gestellt war. Die Regeln zwischen uns besagten, dass ich zu tun hatte, was er mir auftrug, solange ich sein Schüler war. Aber galt das auch für den Befehl, dessen Ausführung beweisen sollte, dass ich kein Schüler mehr war?

Ich nickte stumm und lief den Hügel zur Klippe hinauf, ein Weg, den ich mit verbundenen Augen hätte gehen können. Oben angekommen, hielt ich nicht an, sondern lief zu dem dichten Wald, den man von dort oben aus gut sehen konnte, und von dem ich schon oft Wolfsgeheul gehört hatte.

Mit einem ganzen Rudel brauchte ich mich gar nicht erst anzulegen, da würde jeder den Kürzeren ziehen, schon allein wegen der schieren Menge an Tieren. – Kein Schwert konnte schnell genug durch die Luft gewirbelt werden, um dem Angriff eines ganzen Rudels etwas entgegenzusetzen. Aber natürlich hatte ich kein Schwert; nicht mal einen Speer hatte ich dabei. Einen Wolf tötete ein echter Spartaner mit bloßen Händen, der Wolf hatte ja schließlich auch keine Waffe – wenn man mal von den vielen Zähnen absah, aber die hatte ein Spartaner ja auch. Und ich, ich hatte sogar noch mehr, denn zu allem, was mich Efthimis gelehrt hatte, kam noch das, was mir mein Vater beigebracht hatte: Man konnte einen Gegner auch mit Intelligenz schlagen.

Ich richtete mich auf eine längere Wartezeit ein. Um mich warm zu halten, lief ich viel herum, sammelte dabei Wurzeln und eine bestimmte Sorte Schilf, das, wenn man nur den Teil nahm, der unter Wasser wuchs, sehr lecker schmeckte – was man von den Wurzeln nicht immer sagen konnte: Einige schmeckten wie alter Fußkäse.

In der dritten Nacht, ich hatte mich nach einem reichlichen Mahl aus Wurzeln und Birkenblättern, die trotz der kalten Jahreszeit noch an einigen der Bäume hingen, gerade hingelegt, hörte ich Wolfsgeheul, das nicht von einem Rudel stammte. Ich war sofort auf den Beinen.

Als das Geheul erneut ertönte, lief ich in die Richtung, aus der es kam, bis der Wolf erneut seinen Ruf erklingen ließ – diesmal kam es jedoch aus einer anderen Richtung. Waren da zwei einsame Wölfe unterwegs? Oder hatte der eine, den ich jagte, seinen Standort gewechselt? Verwirrt blieb ich stehen und wartete.

Nach einer Weile war klar, dass es keinen weiteren Wolfsruf mehr geben würde, ich hatte ihn verloren. Betrübt suchte ich mir einen neuen Platz zum Schlafen. Wenigstens war mir durch die Lauferei ordentlich warm geworden.

Ich fand eine Vertiefung im Boden, die ich rasch mit Moosen und Reisig auspolsterte, was mich gegen die Kälte aus dem Boden schützen sollte, und legte mich hin. Nächste Nacht hatte ich hoffentlich mehr Glück.

Ein Knacken ließ meine geschärften Sinne Alarm schlagen. Ich war hellwach, rührte mich aber nicht.

Da! Wieder ein Knacken. Es war ein merkwürdiger Ton, zu leise für einen Menschen, aber auf jeden Fall schlich sich da jemand an. Doch wenn es kein Mensch war …

Ich sprang auf, sah mich geduckt um. Dann blitzten seine Augen im fahlen Licht des Mondes auf, als er aus dem Schatten der Bäume trat. Er war bestimmt so schwer wie ich, seine Schulterhöhe reichte mir bis an die Hüfte – der größte Wolf, von dem ich je gehört hatte. Sein graues Fell war schmutzig und völlig zerzaust, zahlreiche Kampfspuren waren an ihm zu erkennen. Er sah hungrig aus, abgemagert. Vermutlich hatte er schon lange nichts mehr gefressen, sonst würde er sich nicht so nahe an einen Menschen heranwagen – oder war ihm bewusst, dass ich ihn jagte? Wollte er das Spiel einfach nur verkürzen?

Ich fixierte ihn und spürte eine gewisse Müdigkeit. Er war schon alt und das Kämpfen leid. Ich war mir sicher, er wollte keinen Kampf; dennoch war er hier.

Ich setzte mich. »Na, komm her«, sagte ich leise und klopfte auf den Boden neben mir. »Komm her, damit wir Freunde werden können.«

Er starrte mich mit seinen gelben Augen an. Unbewegt.

»Komm her, ich tu dir nichts«, versicherte ich ihm.

Er blieb starr stehen. Doch bekam sein Blick nicht etwas Sehnsuchtsvolles? Vielleicht war er der Einsamkeit überdrüssig? Womöglich wollte er auf seine alten Tage nicht mehr alleine durch die Wälder ziehen und suchte einen Gefährten.

»Nun stell dich nicht an wie ein Welpe«, sagte ich ruhig und erhob mich.

Er blieb unbewegt stehen.

Ich streckte die Hand aus.

Er sah mich nur an.

Dann ging ich auf ihn zu, ganz langsam. Schritt für Schritt.

Er sah mich weiter an, ruhig, ohne Angst.

Ich fixierte ihn, bewegte mich wie ein Nebelfetzen, der sanft über den feuchten Waldboden wehte.

Er sah mir dabei zu.

Ich hielt inne und sank etwas in mich zusammen, sammelte mich, dann ließ ich einen Ton in mir aufsteigen, eine Klangsäule, die sich vom Bauch aus über die Brust ausbreitete, stärker wurde, meinen Körper vibrieren ließ … ein klagender Ton quoll über meine Lippen, der an- und abschwoll, leiser und lauter wurde, mich erfasste, schüttelte und sich zu einer Melodie ausdehnte, die im Rhythmus meines Herzschlages aus mir herausströmte … ein Lied, ein Gefühl, das so vertraut war und doch so fremd.

Der Wolf stimmte ein, ließ sein Heulen erklingen – erst leise, fast zart … er hob die Schnauze und schien noch einmal die Düfte aufzunehmen, die ihn umgaben – meinen Geruch, den des Waldes, der Freiheit und des Himmels über uns.

Dann schwoll der Ton an, getragen von mir und ihm. Gemeinsam schwangen wir uns auf, wurden lauter, ließen unser Geheul erklingen und priesen den Mond, der bleich und für die Ewigkeit über uns hing, und doch … in dieser Nacht war er anders, einmalig, nur für uns da. Der Mond – unser Mond – warf sein ganz eigenes Licht auf unsere Begegnung, ließ aus unserem Lied eine eigene Geschichte entstehen, eine neue Legende, die wir jetzt schon spürten, die wir lebten – die wir sangen …

Ich streckte die Hand nach ihm aus und er schnupperte. Jetzt machte er einen Schritt auf mich zu.

»Ach, komm her«, meinte ich und kniete mich vor ihm hin. Ich streichelte seine Schnauze, tätschelte seinen Kopf und den Hals. Er war mager, aber muskulös. Keine Fettschicht. Ihm musste kalt sein.

»Willst du dich wärmen? Hm? Ich mache uns ein Feuer, dann wärmen wir uns auf«, sagte ich und begann Reisig zu sammeln, während ich unser Lied weitersang.

Er folgte mir und sah mir interessiert zu, von Zeit zu Zeit stimmte er in das Lied ein, ließ ein leises Heulen ertönen.

Während ich mich abmühte, mit dem schnellen Drehen eines dünnen Zweiges in einer trockenen Rinde etwas trockenes Moos zu entzünden, sah er fast amüsiert aus. Ich fragte mich, ob er Feuer kannte. Hunde kannten Feuer und ängstigten sich nicht, legten sich gerne an die Wärmequelle. Würde er es auch zu schätzen wissen oder in Panik geraten? Ein Wolf, der mein Lied sang – was fragte ich mich überhaupt?

Er zuckte nicht mal, als aus meinen Bemühungen Flammen wurden, mit denen ich erst das Reisig, dann größere Äste in Brand setzte.

Als das Feuer loderte und ich die Hände davorhielt, setzte er sich neben mich, als wäre er ein alter Hund, der schon seit Jahren mit mir durch die Wälder zog. Mit den warmen Händen griff ich in sein Fell und walkte ihn ordentlich durch. Er genoss es. Es fehlte nicht viel und er hätte sich auf den Rücken gedreht, aber ein bisschen Würde musste er sich wohl bewahren, so als böser Wolf.

Ich kicherte und er sah mich schläfrig an.

Ich erhob meine Stimme, ließ unser Lied nun laut erklingen, nicht mehr verhalten, sondern voller Inbrunst, und er fiel ein, stimmte sein Heulen an, das ganz spezielle Lied seines Lebens, seine Geschichte, und ich wusste, in diesem Moment waren wir eins, erzählten die Geschichte unseres Lebens – und die des meinen stand der des Wolfes in nichts nach … nur dass sein Leben bald endete, während meines gerade erst begann.

Es lag noch so viel Blut zwischen dem Jetzt und dem Ende … und im Gegensatz zu ihm würde ich das meiste davon nicht trinken, würde meine Opfer nicht fressen … doch auch ich würde die Toten nicht beklagen – ich würde durch sie hindurchschreiten wie ein Bauer durch den Winterweizen, wenn er kurz vor der Ernte stand; das Leben folgte seinem vorbestimmten Lauf. Ich hob den Kopf und knurrte.

Als der Morgen graute, lag er neben mir, das Feuer war verloschen, doch wir spendeten uns gegenseitig Wärme.

»Steh auf«, sagte ich. »Ich besorge dir etwas zu fressen. Wie wäre das?«

Er sah mich schläfrig an. Es war, als würde er sagen: *Noch ein bisschen, nur noch ein bisschen, dann komme ich.*

Ich lachte. »Na los, es ist ein weiter Weg.«

***

»Hallo Efthimis«, rief ich schon von Weitem, als das Haus in Sicht war. »Du wolltest das Fell des einsamen Wolfes. Hier bringe ich es dir.«

Efthimis kam aus dem Haus gestürmt. Er war noch beim Morgenmahl, wie ich an den Hirsebreiresten erkannte, die ihm im Bart klebten. Er starrte mich aus großen Augen an, dann wanderte sein Blick zu dem Wolf, der friedlich neben mir stand und seine beeindruckenden Zähne zeigte.

»Ich habe ihm etwas zu essen versprochen. Wenn du gerade keinen Hasen zur Hand hast, wird er sich sicher über Leandras köstlichen Schafskäse freuen.«

»Wie …«

»Fell ist Fell, auch wenn der Wolf noch drinsteckt«, grinste ich und genoss Efthimis' Fassungslosigkeit.

Nun kam auch Leandra neugierig an die Tür, schlug sie jedoch sofort wieder zu und kreischte: »Ein Wolf! Ein Wolf! Efthimis, so komm doch rein!«

»Beruhige dich!«, rief ich. »Der wackere Kämpe hier hat seine besten Tage hinter sich und sucht ein warmes Plätzchen für seinen Lebensabend.«

Sie öffnete die Tür einen Spaltbreit und steckte den Kopf heraus. »Er sucht was?«

»Ein ruhiges …«

»Ich habe schon verstanden. Aber das ist ein Wolf, kein Hund!«

»Ich weiß schon, aber dennoch … hast du nicht etwas Käse für ihn? Ich würde ungern wortbrüchig.«

»Den guten Käse für ein wildes Tier! Du musst verrückt sein!«, rief sie und knallte die Tür zu.

Efthimis stand immer noch völlig verdattert da und bekam den Mund nicht mehr zu.

Dann erschien Leandra in der Tür und hielt einen faustgroßen Käse hoch. »Ich gebe ihm den aber sicher nicht«, sagte sie ängstlich.

»Keine Angst«, meinte ich und ging zu ihr.

Sie gab mir den feuchten Käse, der nach alter Tradition in Salzlake eingelegt war. Mit großen Augen sah sie zu, wie der struppige Wolf den Käse genüsslich aus meiner Hand fraß, ihn grunzend und schmatzend verschlang und danach meine Hand ableckte.

»Unglaublich!«, rief Leandra.

»Willst du nicht auch mal?«, fragte ich Efthimis und packte ihn damit bei der Ehre.

»Noch einen Käse, Weib!«, rief er energisch und sehr darum bemüht, das Zittern aus seiner Stimme zu verbannen.

Als Leandra einen weiteren Käse reichte – nun machte sie die Tür schon recht weit auf – nahm Efthimis ihn und hielt ihn – todesmutig wäre der richtige Ausdruck, so wie er dabei aussah – dem Wolf hin, der ihn abermals genüsslich verdrückte und danach herzhaft gähnte.

»Bei den Göttern!«, rief Efthimis, »ein Wolf, der mir aus der Hand frisst! Das soll dir erst mal einer nachmachen, Thymios!«

»Das ist etwas, das man in Sparta wohl nicht kennt«, meinte ich. »Die Macht des Herzens.«

Er nickte anerkennend. »Du bist nun ein Krieger. Ein besserer, als ich je einen hätte ausbilden können. Du bist nicht mehr mein Schüler! Soeben bist du zu meinem Meister geworden … und ich bin stolz auf dich.« Er klopfte mir auf die Schulter und sah belustigt Leandra an, die sich mit einem weiteren Käse näherte.

Sie opferte ihren ganzen Vorrat, aber das konnte und wollte sie sich nicht entgehen lassen. Sie zitterte wie Espenlaub, als sie dem Wolf den dritten Käse hinhielt, doch sie zuckte kaum zurück, als er ihn freudig aus ihrer Hand fraß.

»Das glaub mir keiner«, stammelte sie, aber ein breites Grinsen erstrahlte auf ihrem Gesicht.

»Thymios ist nun ein Mann«, verkündete Efthimis laut. »Er wird uns verlassen«, fügte er sehr viel leiser an. »Dieser Wolf ist sein Abschiedsgeschenk.«

Leandras Blick verfinsterte sich, aber sie hatte vorher schon gewusst, dass es so kommen würde.

»Die Zeit ist reif«, meinte Efthimis. »Minas ist tot.«

Ich hob den Kopf. Fast hätte ich triumphierend geheult.

»Wie ich hörte, hat das Kriegsorakel dieses Jahr für einen Angriff als gut befunden. Die Spartaner werden bald angreifen, sie warten vielleicht nur noch ab, bis es etwas wärmer ist, aber auch das ist nicht sicher.«

Ich sah ihm fest in die Augen. »Denkst du denn, ich kann im Kampf bestehen?«

»Ich habe dich ausgebildet, als wärst du mein eigener Sohn«, sagte Efthimis lächelnd. »Du warst ein guter Schüler und bist nun ein noch besserer Krieger. Du wirst die Spartaner verblüffen, denn mit einem wie dir rechnen sie nicht. Mit einem, der Wölfe mit Käse bändigt.«

Stolz erfüllte meine Brust, aber ich musste auch grinsen.

Der Wolf schüttelte sich, dann leckte er mir ein letztes Mal die Hand und wandte sich um, lief in gemächlichem Trab den Hügel hinauf, um wieder im Wald zu verschwinden. Doch er würde wiederkommen, da war ich sicher. Irgendwann würde er einen weiteren Käse wollen, vielleicht einen Platz am warmen Feuer oder eine Nacht im Stroh des Stalles.

Wir sahen ihm nach. Es war ein Erlebnis, das einem nur die Götter schenken konnten. Ich wusste, dass ich gerade in ihrer Gunst sehr weit oben stehen musste.

Wir gingen nun in Efthimis' Haus und setzten uns an den immer noch gedeckten Tisch. Da wir das Mahl neu begannen, mit mir als zusätzlichem Esser, sprach Efthimis auch das Tischgebet erneut: »Ihr großen Götter, die ihr so mächtig seid. Wir möchten euch für eure Großzügigkeit danken. Bitte haltet eure schützende Hand weiterhin über Thymios, wohin ihr ihn auch schicken mögt. Und wenn ihr besonders viel Gnade habt, dann schenkt ihr uns vielleicht einen Sohn wie ihn.«

Ich sah ihn verblüfft an.

»Wir erwarten ein Kind«, sagte Leandra da lächelnd.

Ich sprang auf und drückte sie an mich. »Das freut mich. Das habt ihr euch auch verdient.«

Ich drückte nun Efthimis' Arm: »Du wirst ein großartiger Vater werden, da kann es ja auch nur ein großartiger Sohn werden.«

Er lächelte.

Wir verbrachten den Tag damit, die Feuerstelle in der Küche zu reparieren, die gesprungen war, nachdem Leandra vor einigen Tagen zu sehr eingeheizt hatte, als sie den Hirsebrei kochte. Ein letzter Dienst, denn zu zweit war es viel einfacher als allein.

In dieser Nacht schlief ich das erste Mal seit drei Jahren in einem Bett, und zu meiner Verblüffung war es mir zu weich, die Decke zu warm und überhaupt vermisste ich die Sterne. Am liebsten wäre ich wieder hinausgegangen, aber ich wollte nicht unhöflich sein und legte mich stattdessen auf den Boden vor dem Bett. Sie hatten sich so viel

Mühe gegeben und extra die Hälfte ihres gemeinsamen Nachtlagers in die Küche gestellt, sozusagen als Belohnung für den Abschluss der Agoge.

***

Am nächsten Morgen war ich als Erster wach und hatte den Tisch schon gedeckt, als Leandra und Efthimis kamen.

Erfreut setzten sie sich und nach dem Gebet meinte Efthimis zu mir: »Und wo führen dich deine Wege jetzt hin, junger Krieger?«

»Nach Hause!«

Nach Hause … diese Worte jagten mir einen Schauer über den Rücken. Mein Herz machte einen Sprung und mir wurde auf einmal ganz warm.

Wie lange hatte ich meine Eltern nicht gesehen und wie schön wäre es, Mutters Hände wieder auf meinem Gesicht, Vaters herzliches Schulterklopfen zu fühlen.

Efthimis nickte. »Ja, ich weiß. Du musst gehen … und dennoch …«

Ich legte ihm die Hand auf die Schulter. »Ich werde euch vermissen und …« Ich wählte meine Worte sorgfältig: »Und eines Tages, so die Götter es wollen, werden wir uns wiedersehen.«

Leandra hatte feuchte Augen. Das hätte ich bei einer Spartanerin nicht erwartet, aber das Leben in der Fremde machte wohl weich. Ich grinste bei dem Gedanken.

»Komm«, sagte Efthimis und erhob sich. »Ich habe noch etwas für dich.«

Neugierig folgte ich ihm in das Schlafgemach. Dort trat er an eine große Holztruhe und öffnete sie andächtig.

Er kniete nieder und hob ein Schwert heraus, welches in einer Lederscheide steckte. Behutsam legte er es mir in die Hände.

Neugierig bewunderte ich es und staunte über seine Pracht. Die Scheide bestand aus braunem Leder, mit ein paar wunderbaren Verzierungen, die eingebrannt worden waren. Langsam zog ich das Schwert heraus und betrachtete es genau. Es hatte einen mit Leder umwickelten Griff, die Klinge war scharf und sehr spitz. Es war fast zu schön, um es zu benutzen. Mit großen Augen bewunderte ich dieses einmalige Schwert, dann steckte ich es wieder in die Fassung und übergab es Efthimis.

»Ein wirklich schönes Schwert, Efthimis!«

Efthimis lächelte warm und gab mir das Schwert wieder zurück: »Es ist für dich, mein Junge! Wenn du mit spartanischen Kampftechniken gegen Spartaner antrittst, dann solltest du auch ein spartanisches Schwert führen.«

Ich konnte Efthimis' Worte nicht fassen und sah ihn ungläubig an. Früher hätte ich ihn vor Freude umarmt und ihm tausendmal gedankt, doch ich war ein Mann geworden. Ich legte ihm nur die Hand auf den Arm und drückte diesen.

Nun holte er ein gewaltiges bronzenes Schild unter dem Bett hervor, in dem ein Untergewand aus Leder lag, ein blauer Umhang, Arm- und Beinschoner aus Leder und mit Bronze beschlagen, schwarze Sandalen und ein bronzener Helm. Ich war sprachlos. Den blauen Umhang musste Efthimis extra für mich besorgt haben, denn diese Farbe trug man in Sparta nicht, Blau war die Farbe Athens und wurde auch in Fridos getragen.

»Los! Zieh es an!«, sagte Efthimis. »Ich warte in der Küche!«

Ehrfürchtig legte ich die alte Ausrüstung meines spartanischen Lehrmeisters an und zum Abschluss dann den herrlichen blauen Umhang. Zu meiner Verblüffung fand sich unter diesem noch ein bronzener Brustpanzer. Ich war überwältigt!

Als ich so angetan in die polierte Platte sah, die Leandra als Spiegel im Schlafzimmer hatte, erkannte ich mich kaum wieder: Die Haare bis zu den Schultern, ein dichter Bart … Der Helm ließ mich wie einen wahren Krieger wirken, der Brustharnisch war beeindruckend und machte auch noch eine gute Figur.

Mir fiel die Gravur im Schild auf. Ein *F* … merkwürdig, kein *E* für Efthimis oder *S* für *Sparta* … Dann fiel es mir ein: Es war wie in dem Traum, den ich vor Jahren hatte – die zwei Heere mit den Schildern. Die einen mit *H* die andern mit *F*. Es war kein Traum gewesen, sondern eine Vision: *F* wie *Fridos*! Ich würde schon bald um Ruhm und Ehre kämpfen … würde Frauen schon bald ihre Ehemänner nehmen und Söhnen ihre Väter …

Als ich zurück in die Küche kam, umarmte mich Leandra weinend. Sie sagte, ich sei der Sohn, den sie sich wünschen würde. Ich sei so tapfer.

Doch was nütze es. »Um tapfer zu sein, muss ich in die Schlacht«, sagte ich und strich ihr über den Kopf.

Efthimis betrachtete mich versonnen, er schien in Gedanken ganz woanders zu sein.

»Na komm, das kann man noch verbessern«, meinte Leandra und ließ mich niedersitzen.

Sie holte eine Schere und schnitt mir das Haar, dann nahm sie Efthimis' Rasiermesser und nahm mir auch den Bart ab.

»Nun siehst du aus wie ein edler Krieger, nicht wie ein Barbar aus dem Norden«, sagte sie mit immer noch feuchten Augen.

Als die Sonne schon hoch am Himmel stand, verließ ich das Haus von Efthimis und Leandra. Ich hatte mehr gute Wünsche und Umarmungen von Leandra erhalten als in den ganzen 17 Jahren zuvor. Ein letztes Mal drehte ich mich um, zog das Schwert und rief: »Für den Sieg! Für die Ehre! Für Fridos!«

Dann lief ich los, um mein Versprechen gegenüber den Göttern einzulösen.

19

Ich musste lange laufen, bis ich das andere Ende der Stadt erreichte und vor dem Olymp stand. Ich sah hinauf; die Spitze des Berges war wolkenverhangen.

Ich machte mich an den Aufstieg.

Zunächst lief ich über Geröll, dann wurden aus den Steinen Felsbrocken, die teilweise so dicht lagen, dass ich von einem zum nächsten sprang. Schließlich musste ich klettern und immer größere Felsen und Felsvorsprünge überwinden, wobei ich oft mit der Hand abrutschte und fast in die Tiefe gestürzt wäre.

Ich schwang mich über einen weiteren Felsvorsprung und stand auf einem ebenen Plateau. Vor mir erstreckten sich unzählig viele Stufen, die hoch hinaufführten. Neben den Stufen standen rechts und links Skulpturen der Götter. Ich sah Aphrodite, Poseidon, Hera, Hermes, Apollon, Athene und noch viele andere, doch ganz oben sollte mich der Göttervater Zeus erwarten.

Lange rannte ich die endlosen Stufen hinauf, bis ich hoch oben auf den Tempel traf, der mich in seiner Pracht beinahe umwarf. Er war riesig, aus weißem Marmor, und die Säulen waren reich verziert. Der Eingang war gewaltig, davor standen zwei riesige Skulpturen aus Marmor, die Pallas Athene und Aphrodite, zwei der Töchter Zeus', darstellten. Die Finger der Götter zeigten auf den Eingang des Tempels.

Ich überwand die letzten Stufen und trat ein in eine riesige Halle mit unzähligen in Gold geschmückten Säulen, die blau gemustert waren. Der Boden bestand aus Mosaiken, die die Geschichten der Götter erzählten.

Staunend lief ich zwischen den Säulen hindurch, während ich die prächtige Decke des Tempels bewunderte, die blau war und einen Himmel darstellte. Es sah so echt aus, als wäre da gar kein Dach auf dem Tempel. Auf den Wolken sah man die Götter, ganz zuoberst Zeus, der viele Blitze in den Händen hielt. Die Decke hatte prunkvolle Bögen, die in die Kapitelle der Säulen übergingen.

Als ich den Raum durchquert hatte, stand ich vor einer hohen Tür, die mich in einen weiten Saal führte. Am Ende des Raumes war eine weitere gewaltige Skulptur aus weißem Marmor, die den Göttervater Zeus darstellte, der auf einem mächtigen Thron saß. In den Händen hielt er einen seiner vielen Blitze und sein Gewand war prunkvoll und reich ausgestattet. Er hatte lächelte gütig, seine Haltung auf dem Thron war aufrecht.

Mit schnellen Schritten eilte ich auf den Göttervater zu und verbeugte mich tief. Ich reichte dem marmornen Götterbild gerade mal bis zu den Füßen und von unten sah er noch viel größer und mächtiger aus. Ich kniete nie-

der und flüsterte: »Oh mächtiger und großzügiger Zeus. Wie versprochen, bin ich nach Olympia gekommen, um dich zu loben und zu preisen. Ich möchte dir danken, für deinen Beistand in den letzten Monaten. Ich bitte dich, mir auch weiterhin deine Gunst zu gewähren, auf dass meine Mission gelingt und Fridos gerettet wird.«

Ich stand auf, verbeugte mich noch einmal und verließ, rückwärtsgehend, den Saal. Nicht dass ich gefürchtet hätte, einen Blitz in den Rücken zu bekommen, wenn ich ihm selbigen zuwandte, ich fand es nur einfach unhöflich und er war ja immerhin der Göttervater, nicht irgend so ein kleiner Halbgott.

Als ich wieder in der Halle mit den Säulen war, drehte ich mich um und ging, die unermessliche Pracht bewundernd, wieder hinaus. So etwas Schönes konnten Menschen unmöglich erschaffen, es mussten die Götter selbst gewesen sein, die diesen Tempel errichtet hatten, es gab für mich keine andere Erklärung.

Ich erreichte den Eingang. Der Tag war der Nacht gewichen – die Zeit der Götter schien schneller zu vergehen als die der Sterblichen; vielleicht machte das die Ewigkeit erträglicher. Ich warf einen letzten Blick zurück und lief die Treppe hinunter.

Als ich das Plateau erreichte, sah ich noch einmal hoch: Der Tempel wurde jetzt nur noch vom Mondschein erleuchtet, der einen weißen Schleier über ihn legte. Die Sterne leuchteten golden auf den Tempel hinab und die Schatten der Götterskulpturen schienen sich im Mondlicht zu bewegen und zu tanzen. In der Ferne hörte man das Heulen der Wölfe, dazu einen leisen Gesang des Windes – es klang wie ein Lied, das meine Mutter mir mal vorgesungen hatte.

Ich kletterte über die Kante des Plateaus, zurück auf den ersten Felsvorsprung und sah auf die weite Landschaft Olympias, umgeben von bewaldeten Bergen. Dann riss ich mich von diesem betörenden Anblick los und verließ den Berg der Götter, wandte mich nach Osten und machte mich auf den Weg nach Fridos.

Als ich den ersten Hügel erklommen hatte, lag vor mir weites, fruchtbares Land, geprägt von dichten Wäldern. Es würde ein weiter Weg werden, aber ich war frohen Mutes, denn die Freude, meine Heimat und meine Eltern wiederzusehen, war so groß, dass mir das Herz aus der Brust springen wollte.

Schon bald stieß ich an den Rand eines gefährlichen Waldes, den mir Efthimis genau beschrieben hatte, damit ich ihn auch ja erkannte. Der Wald, der sich in östlicher Richtung durch Arkadien zwängte und zwischen mir und meinem Ziel lag. Ihn zu umgehen hätte mich viel Zeit gekostet.

Der Legende nach hatte sich noch niemand zuvor je in diesen Wald gewagt, nicht mal die mutigsten Krieger. Es war der Wald, vor dem auch Vater mich stets gewarnt hatte, der Wald, den jeder Bewohner Fridos fürchtete. – Denn der Wald war verzaubert.

Der Legende nach verliebte sich Zeus' Tochter Aphrodite in einen Menschen, einen sterblichen, aber mutigen Mann. Aphrodite liebte ihn so sehr, dass ihr alles andere egal war. Die beiden beschlossen zu heiraten. Zunächst war Zeus nicht sehr begeistert über die Nachricht, seine Tochter würde einem Sterblichen das Jawort geben, doch nach langer Überredungskunst gelang es Aphrodite schließlich, ihren Vater zu überreden. Nach und nach erfuhren alle Götter des Olymps von dem Ereignis und freuten sich schon auf das Spektakel. Allerdings erfuhren auch die untersten Götter von den beiden Verliebten. Und Hades, der finstere Gott der Unterwelt, verfluchte den mutigen Jungen, der eine Göttin zur Frau nehmen wollte, denn Hades liebte Aphrodite selber. Er wollte seinen Nebenbuhler aber nicht einfach nur töten, er wollte ein Zeichen setzen, etwas, das sich herumsprach. Also schuf er den Zauberwald, der niemand lebend hindurchlassen sollte, und flüsterte dem Bräutigam dann ein, Aphrodite wäre in der Mitte des Waldes gefangen und bräuchte seine Hilfe. Natürlich ging der verliebte Bursche sofort in den Wald, um nach seiner Liebsten zu suchen – und ward nie mehr gesehen!

20

Aufmerksam betrat ich den Wald. Noch vor einigen Monaten wäre ich eher gestorben, als auch nur einen Schritt in diesen mysteriösen Wald zu setzen, doch nun war ich ein Krieger und Krieger fürchteten sich vor gar nichts. Es blieb mir aber auch keine Wahl, denn der Weg um den Wald herum war zu lang – wenn ich Fridos nicht rechtzeitig erreichte, konnte es schon zu spät sein … Ich wollte nicht einmal daran denken, meine Familie nicht rechtzeitig zu erreichen.

Langsam schlich ich durch die Dunkelheit, furchtlos, doch vorsichtig, und lauschte auf mögliche Gefahren.

Es war so leise, dass ich meine Fußtritte im Schnee hören konnte. Es war seltsam. Auf meinem Weg war kein Schnee zu sehen gewesen und erneut geschneit hatte es auch nicht. Unter den dichten Bäumen hätte auch gar kein Schnee liegen dürfen.

Doch das bisschen Schnee war kein Hindernis, der Boden selber fest und das Unterholz so spärlich, dass ich gut vorankam. Der Mond schien kräftig durch die blattlosen Baumkronen und spendete genügend Licht, sodass ich gut sehen konnte.

Stunden lief ich so umher, stets den Mond vor Augen, der mir den Weg wies. Es schien, er wäre größer geworden, doch das war sicher nur eine Täuschung meiner Sinne. Oder? Wieso lief ich ihm immer nach? Er bewegte sich doch über den Himmel, ich hätte inzwischen die Richtung wechseln müssen – war ich denn noch ganz gescheit?

Ich blieb stehen. Was war hier los? Ich starrte den Mond an, rief mir sein bleiches Gesicht in Erinnerung, das ich schon so oft betrachtet hatte: Nein, das wirkte bei näherem Hinsehen nicht vertraut. Doch da – was war das? Nun erkannte ich ihn wieder, natürlich, das war er, mein alter Freund, der Mond. Er sah wieder ganz normal aus, kleiner, und … ja, er hatte sich doch bewegt. Ich war schon eine ganze Weile in die falsche Richtung gelaufen.

Wütend auf meine Nachlässigkeit rief ich mir in Erinnerung, dass ich in einem Zauberwald war, und wenn er auch ansonsten Ruhe gab, nicht mit Ästen nach mir schlug oder Dämonen schickte, so war doch das Mindeste, was man erwarten musste, Verwirrung und Verirrung.

Entschlossen, mich nicht mehr einlullen zu lassen, setzte ich meinen Weg fort, nun in die richtige Richtung.

War der Weg anfangs noch leicht und bequem gewesen, fiel das Gehen mittlerweile immer schwerer. Es war, als würde der Schnee an den Füßen kleben wie Teer. Er war auch tiefer geworden, obwohl es weder schneite, noch überhaupt je so sehr geschneit hatte, dass er so hoch liegen konnte. Meine Füße fühlten sich so schwer an, als wären sie aus schwerem Eisen.

Ich schlug mir auf die Wangen, schüttelte den Kopf und bückte mich, um den Schnee näher zu untersuchen – es war ganz normaler Schnee, weder zäh noch klebrig. Ich rieb mir das Gesicht damit ein und war wieder wach.

Leichtfüßig setzte ich meinen Weg fort, sorgfältig darauf achtend, nicht in die falsche Richtung zu laufen.

Nach einer Weile wiederholte sich das Spiel, wurde der Schnee wieder tiefer, meine Beine schwerer … erneut rieb ich mir das Gesicht ab, schmolz den Schnee in der Hand, um davon zu trinken.

Da bemerkte ich das schwache Licht der aufgehenden Sonne. Verdutzt sah ich zum Mond, der plötzlich verschwunden war.

Ich schrie vor Zorn auf. Wieder hatte der Wald mich genarrt, hatte mich stundenlang in die falsche Richtung laufen lassen. Ich konnte von Glück reden, dass ich überhaupt noch einen klaren Gedanken fassen konnte.

Ich warf mich in den Schnee und flehte die Götter um Beistand an: »Ihr Götter des Olymps, deren Macht und Herrlichkeit ich bewundern durfte, verlasst mich jetzt nicht an diesem Ort. Steht mir bei, ich bitte euch. Gewährt mir weiter eure Gunst!«

Da erschien ein Rabe, der sich in einiger Entfernung auf einen Ast setzte. Ich sprang auf und klopfte mir den Schnee ab. Der Rabe erhob sich und flog los – in die

Richtung, die ich soeben als die richtige erkannt hatte. Ich folgte ihm im Laufschritt.

Das Unterholz war unmerklich dichter geworden. Nun musste ich des Öfteren durch Büsche springen, doch das machte mir nichts aus. Ich behielt den Raben im Auge, der mir – von den Göttern gesandt – den Weg wies. Es war erstaunlich, das war der langsamste Vogel, den ich je gesehen hatte. Wieso konnte ich ihm folgen, ohne dass er Rast machte? Wie weit war ich eigentlich schon wieder gelaufen, ohne darüber nachzudenken, was ich tat? Ich blinzelte – der Rabe war weg.

Erschrocken sah ich mich um: Die Sonne stand schon hoch am Himmel, die Bäume warfen keine Schatten. War das möglich? Ich stieß den Speer in den Boden und starrte angestrengt auf den Schnee, auf dem sich nun ein Schatten zeigen musste, doch da war keiner. Wieder rieb ich mein Gesicht mit Schnee ab, aber es änderte sich nichts.

Der Wald narrte mich auf Schritt und Tritt. Angst schnürte mir die Kehle zu, Fridos nicht rechtzeitig zu erreichen. Angst? Wie konnte ich Angst empfinden? Sie wuchs mit einem Schlag an, ließ das Herz in meiner Brust rasen – Angst, ich könnte nie wieder aus diesem Wald herausfinden, würde erfrieren, von wilden Tieren aufgefressen, verdursten …

Die Bäume griffen nach mir, streckten ihre kahlen Äste aus, um mich zu packen. Ein purpurnes Leuchten ging von ihnen aus, erfüllte die Luft wie ein Nebel, der sich von ihnen erhob und mir den Atem raubte. Sie kamen immer näher, umzingelten mich, drohten, mich zwischen sich zu zerquetschen, zu ersticken … der purpurne Nebel kroch in meine Lungen, erfüllte mich ganz und gar und alles verschwamm vor meinen Augen. Mir war heiß, unendlich heiß, als hätte ich Fieber. Fieberträumen gleich tanzten die Bäume um mich herum, griffen nach mir, zupften mit ihren gierigen Klauen an meiner Kleidung, entrissen mir Speer und Schild, die im hohen Schnee versanken.

Kraftlos fiel ich auf die Knie, hob die schwachen Arme, um ein letztes Mal den Beistand der Götter zu erbitten, doch dies war ein gottloser Ort – oder das Reich Hades, vielleicht war der Wald ein Teil von ihm, ein Außenposten der Qual, ein Labyrinth der Unterwelt, das die Oberwelt nur vorgaukelte, während ich längst tot war und es nur noch nicht wusste.

Ein klagender Laut kam über meine Lippen, der die erdrückende Stille durchdrang. Dann noch einer, der sich zu einem Schrei entwickelte. Ich stieß den purpurnen Nebel aus meiner Brust, ließ den Schrei anschwellen, wie ich es schon einmal getan hatte, und hielt den Ton, verfiel in ein Heulen und stimmte das Lied des Wolfes an. Aus der Ferne wurde mein Ruf erwidert und gab mir Kraft. Ich erhob mich, ließ die Luft um mich im Klang meiner Stimme erzittern und trieb die Bäume zurück …

Ich hielt inne. Ich stand auf einer Lichtung, die Sonne hatte den Zenit überschritten und mein eigener Schatten, der sich vor mir abzeichnete, wies mir den Weg. Ich hob

Schild und Speer auf, die auf dem nur noch leicht schneebedeckten Boden lagen, und sah mich um: Es war ein ganz normaler Wald, lediglich ein paar weinrote Pilze fielen mir auf, die nicht nur den Boden bedeckten, sondern teilweise auch auf den Bäumen wuchsen. Als eine leichte Brise die Äste in Bewegung versetzte, erhob sich erneut eine purpurne Staubwolke, die Sporen dieser Pilze, und waberte in der Luft wie Nebel. Ich hielt den Atem an und rannte los. Nur fort, fort von diesem Ort, der vergiftet war und einem tapferen Mann die Sinne rauben konnte.

Als ich die Lichtung verlassen und das purpurne Wabern hinter mir gelassen hatte, wagte ich wieder zu atmen – meine Lungen brannten bereits. Ich sah mich um, doch das Phänomen beschränkte sich wohl auf die Lichtung.

Ich schüttelte den Kopf und rannte weiter, meinem Schatten hinterher. Dabei hörte ich nicht auf, das Lied des Wolfes zu singen.

Als mein Schatten zwischen denen der Bäume kaum noch zu erkennen war, wollte ich herausfinden, wie weit ich bereits gekommen war. Ich stellte Schild und Speer ab und zog meine gesamte Ausrüstung aus, um auf einen Baum zu klettern. Es war der höchste im Umkreis und überragte alle anderen.

Mühsam kletterte ich den rauen Stamm hinauf, bis ich den untersten Ast erreichte, der weit über dem Boden aus dem Stamm der Kiefer wuchs. Ich zog mich an ihm hoch, stellte mich auf ihn und gelangte so an den nächsten Ast.

Als ich einige Meter geschafft hatte, wurde es leichter, denn die Abstände zwischen den Ästen verringerten sich immer mehr. Schließlich wurden die Äste zu dünn, um mich noch zu tragen, die Baumspitze drohte sich bereits unter meinem Gewicht zu biegen. Viel erkennen konnte ich nicht, als ich mich vorsichtig umsah, jede Bewegung vermeidend, die die Baumkrone schwanken ließ. Ringsum waren nur die Spitzen anderer Bäume auszumachen, die von der untergehenden Sonne in ein betörend rotes Licht getaucht wurden. Ein Ende war nicht abzusehen. Auch keine Berge, Wolken oder Vögel – als wäre die Welt um diesen Wald herum tot, gestorben, während ich in ihm herumirrte.

Ich klammerte mich fest, hielt den Atem an und schüttelte den Kopf – sofort neigte sich die Krone zitternd zur Seite. Mit in den Nacken gelegtem Kopf stieß ich das Wolfsgeheul aus, lauschte kurz dem über die Wipfel wehenden Klang nach. Dann sah ich noch einmal hin – war da nicht ein heller Streifen über dem dunklen Band des Waldes? Ich kniff die Augen zusammen: Ein Feld? Eine Wiese? Aha! Man musste in diesem Wald einfach immer zweimal hinsehen, um nicht genarrt zu werden.

Freudig kletterte ich wieder hinunter. Meiner Schätzung nach konnte ich es bis zum nächsten Morgen schaffen, wenn ich mich nicht wieder verlief.

Als ich meine schwere Ausrüstung betrachtete, fragte ich mich, ob ich nicht lieber schlafen sollte. Müdigkeit spielte den Gaukeleien des Waldes nur in die Hände, doch andererseits war mir das zu gefährlich – der Wald schlief nie und man musste immer auf der Hut sein.

Eine weitere Nacht würde ich noch durchstehen. Ich legte meine Ausrüstung an, nahm Speer und Schild auf und marschierte wieder los, gen Osten, wie ich mich noch einmal versicherte. Die letzten Sonnenstrahlen waren in den Baumwipfeln zu sehen. Der Mond würde sich bald vor mir zeigen und meinem Heulen eine angemessene Kulisse bieten.

Stets das Lied des Wolfes auf den Lippen, kam ich gut voran. Der Mond zog seine Bahn über den Himmel, wie er es immer schon getan hatte, und ich fand meinen Weg. Hunger nagte an mir, doch von diesem verzauberten Wald wollte ich nichts essen, das Risiko war zu groß.

Auch den Schnee wollte ich mir nicht mehr unnötig antun. Mit trockenem Mund lief ich weiter und weiter und heulte dabei, was mir Kraft gab und mich bei Sinnen bleiben ließ, doch aus dem kräftigen Ton war bereits ein dünnes Krächzen geworden. Mit trockenem Hals und ausgedörrter Zunge war nicht gut singen, stellte ich fest. Aber eher würde ich Blut spucken bei meinem Gesang, als noch einmal etwas von diesem Wald über meine Lippen kommen zu lassen!

Als der Morgen dämmerte, öffnete sich der Wald plötzlich. Vor mir lag nun eine hügelige Landschaft mit Feldern und Wiesen. Ich jubelte, warf mich nieder und pries die Götter wie noch nie zuvor.

Als ich den ersten Hügel erreichte, konnte ich auf eine kleine Stadt hinuntersehen, welche durch große Holzpflöcke sichtbar in zwei Teile getrennt wurde. Vor mir erstreckte sich der Teil, welcher durch bescheidene kleine Bauernhütten an seinem äußeren Rand gekennzeichnet wurde. Ich atmete die frische Luft ein, die den Duft von Blumen trug. Das war meine Heimat, das war Fridos!

***

Ich rannte wie von Sinnen auf Fridos zu. Je näher ich kam, desto heftiger schlug mein Herz.

Als ich die ersten Hütten erreichte, wurde ich langsamer. Fast ehrfürchtig schritt ich die Straße hinab, die ich vor über drei Jahren in einem vergitterten Wagen verlassen hatte. Kein Kinderlachen erfüllte die Luft, Schwermut hing über den Dächern.

Dann erreichte ich die Hütte meiner Kindheit. Sie wirkte alt, zerfallen, als hätten weder sie noch ihre Bewohner die Kraft, sich gegen den Lauf der Zeit zu stemmen. Das Holz war schon gesplittert und Risse zeigten sich. Ich fuhr zärtlich mit der Hand über die Tür. Dann ging ich um die Hütte herum zu unserem Feld, dem Ort, an dem ich so viele glückliche Stunden mit Mia verbracht hatte. Ich nahm den Helm ab und hielt mein Gesicht in den sanften Wind, der die vertrauten Düfte zu mir trug.

Ein Schrei hallte über den Acker, der von der Morgensonne in goldenen Schein getaucht wurde.

Mutter. Sie hatte mich sofort erkannt.

Wie sie da in ihrer Bauerntracht über das Feld lief, war sie der schönste Anblick, den die Götter zu bieten hatten. Mit Tränen in den Augen und ausgebreiteten Armen kam sie mir entgegen. Ich ließ Schild und Speer fallen und fing sie auf, als sie sich vor Glück schluchzend an meine Brust warf. Fest drückte sie mich an sich und seit vielen Jahren konnte ich endlich wieder ihren Geruch einatmen, diesen Duft nach warmem Obst und frischen Blumen.

Immer wieder betrachtete sie mich, dann zog sie mein Gesicht zu sich herunter und küsste meine Wangen. »Du hast es geschafft!«, schluchzte sie dabei.

Eine Träne rollte mir über die Wange – die erste, seit Efthimis einen Mann aus mir gemacht hatte. Das Einzige, was ich sagen konnte, war: »Mutter!«

Sie war gealtert, hatte graue Haare bekommen und Flecken im Gesicht, trotzdem war sie noch sehr schön. Der Kummer hatte ihr zugesetzt, doch nun war die Zeit der Trauer vorbei und sie würde sicher wieder aufblühen.

Als ich endlich meinen Blick von ihr abwenden konnte, sah ich einen alten Mann herbeieilen. Er hatte eine Feldhacke in den Händen, bereit, damit sich und sein Land zu verteidigen. Als er mich erkannte, ließ er die Hacke achtlos fallen und riss die Arme hoch.

»Vater!«, sagte ich mit bebender Stimme.

Er war alt geworden, viel mehr noch als Mutter. Seine

einst kräftigen schwarzen Haare waren nicht nur grau geworden, sondern auch lichter. Zu den Spuren der harten Arbeit hatten sich noch die Kummerfalten in sein Gesicht gegraben, ihm einen Ausdruck der Hoffnungslosigkeit gegeben. Doch als er mich nun ansah, loderte wieder das Feuer in seinen Augen, aus denen Tränen quollen.

Wie lange wir dort eng umschlungen auf dem Acker blieben, kann ich nicht sagen, es war, als wäre die Zeit stehen geblieben. Wir betrauerten die verlorenen Jahre und freuten uns über die Zeit, die nun noch vor uns lag.

Endlich löste Vater sich, reichte mir die Hand und schlug vor, in die Hütte zu gehen.

Ich setzte mir den Helm auf, nahm Schild und Speer und begleitete meine Eltern in unser bescheidenes Heim.

»So erzähl doch, wie ist es dir ergangen?«, sagte Vater, als er mir einen Platz am Tisch angeboten hatte, als wäre ich ein Gast.

Ich hatte meine Ausrüstung abgelegt und saß nun unbewaffnet am Tisch, wie es sich gehörte, während Mutter eilig Obst und Brot holte.

»Es ist eine lange Geschichte«, sagte ich und sah Vater in die Augen.

»Drei Jahre sind es nun«, seufzte er.

»Ich werde euch alles erzählen, wenn es an der Zeit ist, doch einstweilen soll es euch genügen zu wissen, dass ich der Sklaverei entkam und ein Krieger geworden bin. Was mit Mia ist, weiß ich leider nicht. Sie war dem Sohn von Minas versprochen, dem Herrscher über Sparta. Dieser Alikios hat inzwischen die Nachfolge seines Vaters angetreten.«

Vater nickte. Mutter sah mich mit einem Blick an, der mir verriet, dass sie meinen Kummer nachempfinden konnte.

»Vater, ich bringe schlechte Kunde. Alikios hat vor, mithilfe der Helikier die Stadt wieder zu vereinen und unter seine Herrschaft zu stellen.«

Vater sah mich ungläubig an. »Aber warum sollten die Helikier das tun? Wir leben doch friedlich nebeneinander?«

»Ich weiß nicht, wie er sie dazu bringen will und ob es ihm gelingt, aber ich weiß, dass das Kriegsorakel dem Feldzug gegen Fridos zugestimmt hat. Die Spartaner sind ganz wild auf einen Krieg, für sie gehören Siege einfach dazu. Es ist ihr ein und alles.«

Vater nickte bedächtig. Die Freude über meine Rückkehr wich nun der Angst vor der Zukunft. »Aber was sollen wir tun? Die Spartaner werden uns überrennen.«

Ich erinnerte mich an meinen Traum – oder sollte es eine Vision gewesen sein? –, wie Fridos von Soldaten überrannt wurde, die im Blutrausch töteten … Nein, so weit durfte es nicht kommen!

»Ich glaube, Minas hatte einen Handel mit Alikios, doch vielleicht gilt der nicht mehr. Aiolos ist nicht Minas. Wir sollten einen Boten schicken, der um Verstärkung bittet.«

Vater schüttelte niedergeschlagen den Kopf.

»Wir werden es versuchen«, beharrte ich. »Mehr, als unsere Bitte ignorieren, kann er schließlich nicht.«

Mutter sah mich mit einer Mischung aus Angst und Bewunderung an. Drei Jahre hatte sie ihren Sohn nicht gesehen, nicht gewusst, ob er lebte, ob es ihm gut ging. Und nun, da er ihr endlich wiedergegeben worden war, wollte er gleich wieder in den Krieg ziehen.

Ich erwiderte ihren Blick und nickte ihr zuversichtlich zu.

»Ich werde Fridos auf die Ereignisse vorbereiten, die wir leider nicht abwenden, aber vielleicht überleben können«, sagte ich und stand auf. »Würdest du allen Fridianern Bescheid geben, sich auf dem Marktplatz zu versammeln?«

Vater sah mich lange an. Schließlich nickte er, erhob sich und ging.

Ich trat durch den so vertrauten und nun so fremd wirkenden Flur in mein altes Zimmer. Ich sah mein Bett, die anderen Möbel … es war noch so, wie ich es verlassen hatte, als hätte ich jeden Moment nach Hause kommen können.

»Ein komisches Gefühl, nicht wahr?«, hörte ich Mutter hinter mir sagen.

Schweigend nickte ich. Ich erkannte in dem Zimmer meine Kindheit wieder, die mir geraubt worden war. Ich sah mich als kleinen Jungen auf dem Boden sitzen, die geschnitzten Holzfiguren in den Händen, neben mir Vater, der mir mit einem Lächeln beim Spielen zusah. Ich ging zu den Holzfiguren, die Vater so liebevoll für mich geschnitzt und mit denen ich so schöne Stunden verbracht hatte. Sie waren der Inbegriff meiner glücklichen Kindheit. Es standen immer noch alle elf da. So alt war ich, als ich Sklave wurde. Zu jedem Geburtstag hatte Vater mir eine geschnitzt. Jedes Mal ein anderes Tier. Ich sah einen Ochsen, eine Schlange, einen Fuchs, einen Vogel … Das waren meine einzigen Spielzeuge. Ich hatte immer gespielt, dass sich zwei bekämpften und der Gute gewann. *Wenn das nur so einfach wäre*, dachte ich nun.

Ich streichelte über das spröde gewordene Holz meines Bettes. Ich konnte nicht anders und legte mich hinein. Inzwischen musste ich die Beine anziehen, denn ich war zu groß geworden, doch sofort fühlte ich mich, als wäre ich nie fort gewesen.

Selig schlief ich ein.

21

Gähnend erwachte ich und sah aus dem Fenster, durch das die Morgensonne schien. Es würde ein schöner Tag werden, genau richtig für die Feldarbeit. Ich hatte einen verrückten Traum …

Mutter rief mich aus der Küche, sicher stand das Morgenmahl bereits auf dem Tisch. Ich streckte mich – da stieß ich mit den Füßen an das Bettende. Ich richtete mich auf und sah diesen riesigen Körper, der überhaupt nicht in mein kleines Bett passte.

Es war kein Traum. Ich war erwachsen, ein Krieger, und musste Fridos retten. – Und Mia.

Ich stand auf. Was ich für die Morgensonne gehalten hatte, war die Abenddämmerung.

»Thymios. Bist du wach?«, fragte Mutter nun wieder und steckte den Kopf zur Tür herein. »Dein Vater ist zurück.«

Ich folgte Mutter in die Küche, wo Vater stand und mir zunickte.

»Es werden sich alle Männer versammeln«, sagte er.

»Ich komme. Doch zuvor muss ich noch mit Mias Mutter sprechen.«

Die Blicke meiner Eltern verdunkelten sich. Sie nickten betrübt.

»Es hat sie noch viel schlimmer getroffen als uns. Alle Nachbarn haben geholfen, sie durchzubringen, aber ihr fehlt der Lebenswille«, sagte Mutter leise.

Schnellen Schrittes eilte ich hinaus und über die Straße. Vielleicht würde die Nachricht, dass Mia noch lebte, sie wieder etwas aufbauen.

Nach dem dritten Klopfen öffnete Mias Mutter mit ausdruckslosem Gesicht die Tür. Ihre Haare waren ganz weiß, ihre Augen starrten ins Leere, durch mich hindurch, als wäre ich unsichtbar. Sie hatte große Ringe unter den Augen und so viele Falten im Gesicht, dass man sie nicht mehr zählen konnte.

»Was wollen Sie?«, fragte sie leise und teilnahmslos.

»Ich bin es, Thymios!«, erwiderte ich mit einem zuversichtlichen Lächeln.

Es war, als gieße man das Leben zurück in ein leeres Gefäß. Ihr Blick wurde klar, die schlaffen Gesichtszüge strafften sich und voller Hoffnung sah sie mich an.

»Thymios! Du lebst!«

»Ja«, sagte ich nur, da zog sie mich auch schon hinein.

Sie schloss die Tür und drehte sich zu mir um. »Wo … wo ist sie?«

Ich schluckte und versuchte mich zusammenzureißen: »In Amykles. Sie ist die Frau des neuen Herrschers über Sparta.«

»Wie heißt er?«, fragte sie so leise, dass ich es kaum verstand.

»Er heißt Alikios, er ist der Sohn von Minas.«

»Hat er sie also doch noch bekommen«, krächzte sie und fasste sich ans Herz.

Ich schob sie sanft zu einem Stuhl und drückte sie darauf.

»Es wird alles gut!«, sagte ich, obwohl ich selber wusste, dass es nie wieder gut sein würde. Der Krieg würde viele Opfer fordern, und wer ihn überleben oder als Sieger draus hervorgehen würde, das wussten nur die Götter.

22

Als ich den Marktplatz erreichte, war er voller Menschen. Es waren auch zahlreiche Frauen erschienen, einige trugen Säuglinge auf dem Arm, ein paar wenige Kleinkinder waren zu sehen, ansonsten nur Leute, die deutlich älter waren als ich.

Ich hatte, bevor ich zur Versammlung ging, wieder meine Rüstung angelegt. Nun wichen die Fridianer nervös zurück, als ich durch ihre Reihen schritt.

Ich sprang auf den Brunnen und sah in die Runde. Augenblicklich wurde es totenstill. Ich warf auch einen Blick zum Palisadenzaun, hinter dem Helikios lag, doch es war niemand zu sehen.

»Die Spartaner wollen Krieg gegen euch führen, sie wollen Heldos vereinen und ihrer Herrschaft einverleiben, einer grausamen Herrschaft. Aber das hat euch sicherlich schon mein Vater gesagt!«

Ich nahm den Helm ab, der mein Gesicht zur Hälfte verdeckte.

»Ich bin Thymios, ein Überlebender der Sklaverei. Ich wurde an die Spartaner verkauft, doch nun bin ich ein

Krieger. Ich bin hier, um euch gegen die Spartaner in die Schlacht zu führen, meine Brüder, denn die Alternative wäre die Sklaverei, für jeden von euch. Glaubt mir, dass der Tod dem vorzuziehen ist. Aber wir können durchaus gewinnen, denn die Götter sind auf unserer Seite. Das weiß ich, weil sie mir den Weg bis hierher geebnet haben. Wenn die Götter Fridos nicht lieben würden, wäre ich jetzt nicht hier.«

Es erhob sich ein ehrfürchtiges Raunen.

»Wollt ihr kämpfend sterben oder in Ketten?«, brüllte ich nun in die Menge.

Die Männer rissen die Fäuste hoch und schrien: »Kämpfend!«, worauf lauter Jubel folgte.

Ich sah Vater, wie er mit vor Stolz geschwellter Brust am Rand stand und mir zusah, wie ich die Fridianer wieder zum Leben erweckte.

»Ich möchte euch nicht belügen: Viele werden im Kampf fallen, doch wir werden uns nicht kampflos ergeben! Und so die Götter wollen, werden wir danach frei sein. Wir können die anderen Kinder aus Fridos, die in die Sklaverei verkauft wurden, befreien und zurückholen! Das Glück kann zurückkehren nach Fridos!«, brüllte ich jetzt ekstatisch und riss die Menge mit, die nun jubelte und tobte.

»Wer kämpft mit mir für Fridos?«

Laut dröhnte ihr Ruf über den Platz: »WIR! WIR! WIR!« Sie stießen im Rhythmus ihres Schlachtrufes die Fäuste in den Himmel und ich wusste, dass wir es schaffen konnten.

Von den Helikiern war immer noch nichts zu sehen.

Ich ließ die Leute ihre Begeisterung ausleben, das war nötig. Doch schließlich musste ich zum praktischen Teil übergehen. Ich hob meine Arme, wartete, bis sich alle wieder beruhigt hatten, und sagte: »Jeder bringt morgen seine Ausrüstung mit auf die Wiese hinter den Feldern. Jede Waffe, jeden Helm oder Schild, den ihr finden könnt. Dann sehen wir, was wir haben. Danach finden wir heraus, ob und wie ihr kämpfen könnt. Geht nun nach Hause. Ihr müsst morgen ausgeruht sein.«

Ich sprang vom Brunnen, legte meinen Arm um Vaters Schulter und gemeinsam gingen wir nach Hause. So, wie es all die Jahre hätte sein sollen – Vater und Sohn gehen heim, um gemeinsam das Abendmahl einzunehmen.

***

Mit den ersten Strahlen der Morgensonne stand ich auf und kleidete mich an. Mutter und Vater waren ebenfalls schon wach und gemeinsam aßen wir eine Kleinigkeit, jedoch kein richtiges Morgenmahl. Es herrschte gedrückte Stimmung, denn Kriegsvorbereitungen waren alles andere als angenehm. Es war, als läge der Geruch von Tod und Verderben bereits in der Luft.

Die Wiese war schon voller Menschen, als wir eintrafen. Es waren bestimmt 100 Männer, die bereit waren, mit mir in den Krieg zu ziehen. In ihrer Mitte hatten sie alles zusammengelegt, was sie an Kriegsgerät hatten auftreiben können.

Ich besah mir das kümmerliche Häuflein, aus dem ein paar rostige Schwerter ragten, ein paar verbeulte Schilde, die nicht mal mehr als Wandschmuck taugten, einige Helme, die noch aus der Jugendzeit der Ältesten stammen mussten, und eine stattliche Anzahl Dolche, doch Dolche taugten nicht für den Krieg. Ich schüttelte verzweifelt den Kopf. Mit dieser Ausrüstung sanken unsere Chancen ins Bodenlose.

Da begannen die Männer zu tuscheln und ich hob den Kopf. Ich starrte verblüfft zwischen ihnen hindurch, drängelte mich dann durch die Menge und alle gemeinsam starrten wir auf die andere Hälfte der Stadt, Helikios, aus der ein Trupp Soldaten marschiert kam – direkt auf uns zu.

»Das wagen sie nicht!«, zischte ich und zog mein Schwert, bereit, es notfalls alleine mit ihnen allen aufzunehmen.

Doch dann blieben sie in einiger Entfernung stehen und ein einzelner Mann trat vor.

»Wir konnten nicht umhin, deine gestrige Rede zu hören.«

Ich nickte. Es war nicht meine Absicht gewesen, irgendetwas geheim zu halten.

»Wir haben die ganze Nacht diskutiert und sind uns einig: Wir wollen ein geeintes Heldos, doch nicht unter spartanischer Herrschaft.«

Ich sah ihn mit großen Augen an.

»Wir haben noch kräftige junge Männer, die für unsere Stadt kämpfen können – und wir haben auch Waffen und Helme.«

Er wies auf einen Karren, den sie mitgebracht hatten und auf dem es metallen glänzte.

»Wenn ihr einverstanden seid, dann wollen wir Heldos nun vereinen. Jetzt sofort. Und als Heldosianer gemeinsam für unsere Freiheit kämpfen.«

Unbeschreiblicher Jubel erhob sich unter den Fridianern und sie liefen ihren Nachbarn entgegen, und die Männer, die all die Jahre stumm nebeneinander gelebt hatten, fielen sich weinend vor Glück in die Arme.

Ich legte dem Anführer der Helikier die Hand auf die Schulter. »So sei es. Wir sind jetzt Heldosianer – und du bist jetzt schon ein Held, mein Freund«, lachte ich. »Wie heißt du?«

»Mein Name ist Dimosthenis. Ich habe diese Männer ausgebildet, für den Fall, dass …«

Ich nickte nur. »Wie ich gestern schon sagte: Es ist der Wille der Götter, dass Fridos, nein, Heldos eine freie Stadt wird, in der ihnen zu Ehren Tempel errichtet und Lobgesänge gehalten werden. Nun bin ich sicher, dass wir siegen werden. Die Götter wollen es so.«

Gemeinsam teilten wir die noch verfügbaren Waffen, Helme, Schilde und einige Brustpanzer auf meine Männer auf. Es waren zum Glück viele Bogen dabei, so mussten die untrainierten Bauern nicht an vorderster Front kämpfen. Doch auch das Bogenschießen will gelernt sein und so verbrachten wir den ganzen Rest des Tages damit, ihnen von Dimosthenis' Leuten das Schießen beibringen zu lassen, während ich mich bemühte, denen, die mit Schwert und Schild kämpfen sollten, die wichtigsten Grundlagen zu vermitteln. Solange wir eine Einheit bildeten, wie ich es gelernt hatte, standen auch die Chancen der Schwachen und Ungeübten ganz gut.

»Gemeinsam sind wir stark!«, erklärte ich ihnen immer wieder.

Dann wurde es Abend und Zeit für die letzten Ankündigungen. Ich rief alle zusammen und stellte mich in die Mitte: »Morgen werden wir nach Tiryns marschieren, um dort auf die Spartaner zu warten. Sie erwarten keinen Widerstand und kommen mit leichtem Kriegsgerät per Schiff. Wir fangen sie dort ab, statt sie den Krieg in unsere Stadt tragen zu lassen.«

Ich hatte den Plan mit Dimosthenis entwickelt und machte nun die Männer mit den Einzelheiten vertraut.

»Wir müssen die Frauen und Kinder nach Argos schicken, das ist sicherer. Wir können nicht riskieren, dass Alikios doch noch Männer über den Landweg schickt, die dann die ungeschützte Stadt einnehmen. Mit den ersten Strahlen der Morgensonne brechen wir auf – die Männer nach Tiryns, alle anderen nach Argos. Und dass ihr mir ausschlaft und eure Frauen noch mal in die Arme nehmt!« Ich lachte kurz auf, dann klopfte ich Dimosthenis auf die

Schulter und ging nach Hause, wo Mutter und Vater bereits auf mich warteten.

So sprach Vater ein letztes Tischgebet für uns alle. Mutter schob wortlos ihren ganzen Teller in die Mitte, als Opfer für die Götter. Vater tat es ihr gleich. Da legte auch ich den Bissen, den ich schon zum Mund geführt hatte, wieder zurück und schob meinen Teller dazu.

Mutter stand auf und holte ein Brot, das sie nun an uns verteilte. Trotz allem gelang es ihr, uns dabei verschwörerisch zuzuzwinkern.

Einschlafen konnte ich in dieser Nacht nicht, auch nicht, nachdem ich mich auf den Boden gelegt hatte, was für mich bequemer war als das viel zu kleine Bett. Ich musste immer an den morgigen Tag denken und an all die Opfer, die es geben würde.

Dimosthenis hatte mir gesagt, dass es keinen Sinn mache, einen Kämpfer zu opfern, um einen Boten zu Aiolos zu schicken, er würde uns niemals unterstützen. Doch ich bestand darauf und wählte schließlich einen der Alten aus, der noch reiten konnte, aber nicht mehr für die Schlacht taugte. Ich hoffte, er würde sein Ziel unbehelligt erreichen und zu Aiolos vorgelassen werden, was ja auch nicht selbstverständlich war.

Und dann dachte ich noch an all die Frauen und Kinder, die einen gefährlichen Weg hinter sich bringen mussten, um von hier zu fliehen. Sie mussten ohne ausreichende Vorbereitung, mit minimalen Vorräten und unbewaffnet bis nach Argos laufen und dort um Schutz bitten, um Unterkunft und Verpflegung. Ob man ihnen helfen würde?

Und schließlich dachte ich noch an Mia …

23

Als ich erwachte, fand ich mich auf einem großen Schlachtfeld wieder, überall lagen Tote in blauen Gewändern. Der Sand war rot von Blut und es herrschte Totenstille. Man hörte nur den heulenden Wind, der den Geruch des Todes über das Land ausbreitete. Ich fasste mir an den Kopf und konnte Blut spüren. Doch die Frage, die sich mir stellte, war, wo ich mich eigentlich befand.

Mühsam stand ich auf und betrachtete die karge Landschaft, die ich nur verschwommen wahrnahm. Ich sah tote Krieger, so weit mein Auge reichte, der rote Boden erstreckte sich bis zum Horizont. Hinter mir erklang eine flehende Stimme – Mia! Alikios hielt ihr eine Klinge an den Hals und starrte mich aus hasserfüllten Augen an.

»Du hast verloren, Abschaum!«, sagte er und …

Schweißgebadet wachte ich auf, starrte in mein kleines altes Zimmer. Mein Kopf dröhnte.

Es war dunkel und der Morgen noch weit. Ich fragte mich, ob es ein Traum war oder eine Vision.

Die Spartaner marschierten hoch erhobenen Hauptes aus ihrer Stadt und machten sich auf den Weg zu den Schiffen. Sie marschierten in voller Kampfmontur mit in den Himmel gereckten Speeren an Alikios, ihrem Anführer, vorbei. Ihre endlosen Reihen reichten bis hinter den Horizont …

Erneut wachte ich auf. Der Morgen begann gerade zu dämmern. Beunruhigt über diese visionsartigen Träume, die alles andere als rosig waren, erhob ich mich und sah aus dem Fenster.

Verstand ich die Visionen nur falsch? Dass der feige Alikios, dem als Königssohn die Agoge erspart geblieben war und der daher keineswegs so ein harter Bursche war wie die übrigen Spartaner, Mia einfach nur tötete, machte ja überhaupt keinen Sinn. Vielleicht würde er im Falle einer Niederlage versuchen, sich mit ihrer Hilfe freizukaufen … vielleicht hatten mir die Götter diesen Traum geschickt, um mir mitzuteilen, dass Mia ebenfalls auf dem Weg nach Tiryns war? Und die ungezählten Spartaner, die bis zum Horizont reichten – ich lachte auf. So viele Krieger hatte Alikios nun auch wieder nicht. Aber wenn ich das ausgerechnet jetzt träumte, dann bedeutete das vielleicht, dass sie sich heute einschiffen würden. Dann blieben uns gerade mal ein oder zwei Tage, um Tiryns zu erreichen!

Ich begann mich sorgfältig mit meiner Rüstung zu versehen, band mir die Arm- und Beinschoner um, zog den Helm über den Kopf, befestigte den Gürtel mit der Klinge

um meinen Bauch und nahm Schild und Speer in die Hände. Mit meinem blauen Gewand und den schwarzen Sandalen trat ich in den dunklen Flur. Es tat mir weh, mich wieder von meiner Heimat verabschieden zu müssen, doch eine Wahl hatte ich nicht.

Kurz darauf traten wir alle gemeinsam aus dem Haus und ließen alles stehen und liegen, als würden wir gleich wiederkommen. Mutter sah noch einmal zurück und weinte still, Vater und ich richteten den Blick nach vorn, auf die Zukunft.

Wir gingen zur Wiese, auf der wir gestern trainiert hatten und wo wir uns heute treffen wollten. Mutter drückte mich noch einmal und gesellte sich dann zu dem großen Trupp derer, die nach Argos gehen würden, während Vater mit mir mitgehen wollte.

»Nein, das wirst du nicht tun!«, sagte ich ruhig, während ich ihn am Arm nahm und zu Mutter führte.

»Ich werde an deiner Seite kämpfen, Thymios!«, protestierte er.

»Wenn es missglückt, dann verliert Mutter Mann und Sohn, das wäre zu viel für sie, das wäre ihr Ende.«

Vater schüttelte niedergeschlagen den Kopf.

Ich bemühte mich, Zuversicht auszustrahlen und verließ die beiden mit einem Lächeln, doch eigentlich war mir genauso elend zumute wie ihnen. Immerhin würde Vater Mutter nach Argos begleiten, das beruhigte mich etwas.

24

Die noch schwachen Strahlen der Morgensonne wärmten mein Gesicht, als ich mich den Heldosianern zuwandte: »Es geht los. Viel Glück, und mögen die Götter mit euch sein!«, rief ich und unter der Führung meines Vaters setzte sich der Trupp nach Argos in Bewegung.

Wir anderen sahen ihnen nur kurz hinterher, dann richtete ich das Wort an die kleine heldosianische Armee: »Seid ihr bereit, für Heldos zu kämpfen?«

Die Männer schrien: »Heldos! Heldos!«

»Für unsere Stadt! Für unsere Ehre!«

Wieder schrien die Männer: »Heldos! Heldos!«

»Es geht los! Auf nach Tiryns!«

Wir liefen mit raschen Schritten in Zweierreihen in Richtung Osten. Trotz des beschwerlichen Weges mit den schweren Schildern kamen wir gut voran. Die Bogenschützen, die keine Schilde mit sich führten, wechselten sich mit den anderen brüderlich ab.

Die kahle, graue Landschaft des Januars wirkte an diesem Morgen auf uns, als hätte der Tod die Tafel gedeckt.

Jeden Moment erwartete ich Raben zu sehen, die zu Schlachtfeldern gehörten wie Möven zu Häfen. Doch es war natürlich noch zu früh, die Raben kämen erst, wenn die Schlacht geschlagen war.

Wir zählten 200 Mann unter Waffen, davon die Hälfte ausgebildete Soldaten. Dimosthenis ging neben mir. Gemeinsam führten wir die Truppe an.

Mir fiel auf, dass Dimosthenis nervös war – nervöser als gestern. »Na, der erste Kampf?«, riet ich.

Er sah mich überrascht an und erwiderte knapp: »Allerdings!«

Als der kühle Morgen von der schwachen Januarwoche aufgeheizt wurde, traten den Männern schnell die Schweißperlen auf die Stirn. Jeder hatte einen kleinen Wasserschlauch dabei, doch eine Gelegenheit zum Nachfüllen hatte sich bislang nicht ergeben. Auch meine Kehle war ausgetrocknet und die Zunge rau, aber es machte mir nichts aus. Doch es war ja nicht jeder so abgehärtet worden wie ich und die Männer litten bereits unter ihrem Durst, wie ich sah. Mit Regen war an diesem klaren Tag nicht zu rechnen. Die Landschaft vor uns war hügelig und karg. Kein einziger Baum war zu sehen, nur Gestrüpp. Der Boden war trocken und es gab keine Pfützen.

Auch Dimosthenis neben mir hechelte hörbar und rang nach Luft. Er war müde, bemühte sich aber dennoch, mit mir Schritt zu halten. Ich verlangsamte das

Tempo etwas, denn wenn er müde wurde, ging es den anderen sicher nicht besser, und ich musste auf die untrainierten ehemaligen Fridianer Rücksicht nehmen.

Die Sonne stand schon senkrecht über uns, da kamen wir an ein schmales Flüsschen, an dem wir eine kurze Rast einlegten.

»Denkt daran, erst eure Schläuche zu füllen, bevor ihr eure Füße kühlt«, rief ich lachend.

Doch natürlich lief keiner ins Wasser, denn mit nassen Füßen in Sandalen zu laufen war kein Vergnügen, und so achtete jeder sorgfältig darauf, nicht ins Wasser zu treten, während die Schläuche gefüllt wurden.

Gegen Abend konnten wir das Meer sehen, als wir über einen Hügelkamm marschierten, es war nicht mehr weit.

Noch bevor die Sonne unterging, erreichten wir eine Reihe von Felsen, die einen Einschnitt in der Landschaft markierten. Wir sahen von einer kleinen Klippe aus auf einen hellen Strand. Der schmale Einschnitt führte hinunter.

Ich sah mir die Gegend in Ruhe an: Rechts und links waren Felsen und ebenfalls Klippen. Es war weit und breit keine Stelle zu sehen, die geeigneter wäre für eine Landung vom Meer aus. Da die Spartaner ja überhaupt nicht mit uns rechneten, würden sie hier anlegen, es war der kürzeste Weg. Nur wenn sie befürchten mussten, bereits bei der Landung angegriffen zu werden, würden sie eine Stelle wählen, die ihnen keinen so großen Nachteil brachte.

Ein erfahrener Heerführer wie Minas hätte das vielleicht bedacht, doch der arrogante Alikios kam vermutlich nicht mal auf die Idee, dass ihm irgendetwas gefährlich werden könnte.

»Die Stelle ist perfekt«, sagte ich zu Dimosthenis.

Dieser nickte. »Ein idealer Hinterhalt. Von hier oben können unsere Bogenschützen ihre Reihen lichten. Die anderen erwarten sie unten mit den Speeren, wenn sie aus dem Wasser laufen und auf dem Kies nur langsam vorankommen.«

»Wir sind da!«, rief ich. »Rastet nun, aber macht kein Feuer!«

Ich nahm meinen Helm ab und ließ den Wind in mein Haar fahren. »Dort hinten, bei der Felsnase im Wasser, wäre auch ein guter Platz für einen Angriff von oben.«

Dimosthenis sah mich an. »Wenn wir die Felsen auf den Feind herabstürzen lassen, darf von unseren Leuten aber niemand in der Nähe sein.«

Ich zuckte mit den Schultern. »Teilt Wachen ein. Der Feind kann durchaus schon heute Nacht eintreffen!«, rief ich.

Ich teilte die Bogenschützen in zwei Gruppen ein, die sich auf beiden Seiten verteilen sollten, und wies ihnen je einen Anführer zu, der auf mein Zeichen den Befehl zum Angriff geben würde.

Ich wies sie auch auf die Felsen hin: »Es kann gut sein,

dass sich im Verlauf des Kampfes eine Gelegenheit ergibt. Sucht euch große Äste, damit ihr die Felsen lösen könnt, falls nötig.«

Wir anderen gingen hinunter zum Strand, um unseren Hinterhalt vorzubereiten.

25

Wir ruhten uns aus, um für den vor uns liegenden Kampf Kraft zu schöpfen. Alle hatten sich etwas Proviant eingepackt, der nun verzehrt wurde. Während die letzten Sonnenstrahlen am Horizont leuchteten, sah ich auf das Meer, auf dem sich dieses Leuchten spiegelte. Es war ein hinreißender Anblick. Ich war noch nie zuvor am Meer gewesen, ich war ja nur ein Bauernjunge, aber dies würde meine zweite große Liebe, gleich nach Mia. Der Wind war abgeflaut und rauschte nicht mehr in meinen Ohren wie zuvor. Da hörte ich plötzlich ein leises Knarren. Ich erhob mich und sah einen der unseren, der gerade Wachdienst hatte, wie er angestrengt zum Strand starrte. Ich krabbelte auf allen vieren zu ihm. Die Felsen, hinter denen wir lauerten, boten uns gute Deckung.

»Siehst du was?«, flüsterte ich.

Er wies stumm aufs offene Meer hinaus, wo sich ein dunkler Schatten abhob. Man musste schon sehr genau hinsehen, um ihn zu erkennen: ein Schiff! Die Spartaner waren angekommen und sie waren doch nicht ganz so unvorsichtig, wie ich gehofft hatte. Heimlich, im Schutze der Dunkelheit, wollten sie an Land gehen. Sie hatten kein Feuer, keine Lampe entzündet und waren fast unsichtbar.

Nun erkannte ich ein kleines Ruderboot, das sich dem Strand näherte. Ich drehte mich zu den anderen um und legte den Finger an die Lippen, dann winkte ich Dimosthenis zu mir.

Ein kleiner spartanischer Spähtrupp betrat den Strand. Vorsichtig und mit gezückten Schwertern sahen sie sich um. Als sie sicher waren, dass der Strand leer war, schwenkten sie die Schwerter über ihren Köpfen.

Dimosthenis lag nun neben mir und gemeinsam beobachteten wir, wie sich mehrere lange Biremen dem Strand näherten. Auch die Bogenschützen oben auf der Klippe mussten sie bemerkt haben. Die langen Boote knarrten dumpf, es war nicht zu überhören.

Die langen Biremen waren bekannt dafür, keinen großen Tiefgang zu haben, sodass sie bis fast an den Strand gesteuert werden konnten. Dort sprangen die Soldaten nach vorne hinaus ins Wasser und liefen an Land. Das Wasser war dort noch so tief, dass gerade mal ihre Köpfe herausguckten. Sie kamen nur sehr langsam vorwärts. Jetzt wäre ein idealer Zeitpunkt für einen Angriff gewesen, aber die spartanischen Bogenschützen, die noch an Bord waren, hätten leichtes Spiel mit uns gehabt. Wir mussten mindestens so lange warten, bis das erste Schiff geleert war.

Ich sah zur Klippe hoch, ob die Bogenschützen parat

standen, doch es war nichts zu sehen. Aber das war gut so, ich musste einfach nur darauf vertrauen, dass sie auf mein Zeichen achteten, dann würde alles nach Plan laufen.

Die ersten nassen Spartaner erreichten den Strand und legten sofort ihre Rüstungen an, die sie in den Schilden vor sich hergeschoben hatten, damit das Leder sich nicht vollsaugen konnte. Das erste Boot war geleert, die meisten Soldaten noch im Wasser. Nun näherte sich ein Stück weiter links die zweite Bireme.

Es wurde laut am Strand, Befehle wurden gerufen, das Klirren von Schwertern und Schilden erklang – die Spartaner fühlten sich sicher. Sie entzündeten nun sogar ein Feuer aus extra mitgebrachtem Brennholz, wie ich anerkennend feststellte. Daran steckten sie Fackeln an, mit denen sie einerseits den Weg zum Strand ausleuchteten, um es den Nachrückenden im Wasser etwas leichter zu machen, andererseits suchten sie nun erneut den Strand ab, diesmal aber gründlich.

Es wurde Zeit. Ich nickte Dimosthenis noch einmal zu, er bestätigte und hielt die Hand hoch. Seine Männer warteten gebannt auf sein Zeichen. Dann hob ich meine gekreuzten Arme über den Kopf – das Zeichen für die Bogenschützen.

Ein Sirren erfüllte die Luft, das rasch zu einem Heulen anschwoll. Dann fielen die Spartaner am Strand reihenweise um. Die im Wasser hielten ihre Schilde schützend hoch, doch dadurch kamen sie langsamer voran.

Gut die Hälfte der bereits gelandeten und angezogenen Spartaner hatte nun die Schilde oben und bildete einen gemeinsamen Panzer. Der Pfeilregen konzentrierte sich jetzt auf diejenigen, die noch im Wasser waren.

Dimosthenis gab das Zeichen und wir stürmten Speer voraus auf die von unserem Auftauchen völlig überraschten Spartaner zu. Bevor sie ihre Speere gegen uns wenden konnten, hatten wir bereits ihre Reihe durchstoßen und warfen uns mit unserem ganzen Gewicht gegen ihre Schilde. Dem konnten sie auf dem Kiesstrand nicht standhalten und stürzten, worauf wir mit den Schwertern über sie herfielen. Alikios hatte als Vorhut offenbar nicht seine besten Männer geschickt.

Ein Pfeilregen von den Schiffen deckte uns ein. Zwischen den Fackeln, die die Spartaner entzündet hatten, gaben wir großartige Ziele ab. Mit erhobenen Schilden zogen wir uns hastig zurück. Da schlugen links und rechts von uns Speere ein, die von den sich aus dem Wasser nähernden Spartanern geschleudert wurden. Ich sah, wie links und rechts die tapferen Heldosianer fielen.

»Angriff!«, brüllte ich nun und drehte mich um, denn der Feind war nahe genug, dass man ihm nicht mehr den Rücken zuwenden durfte.

In nur wenigen Augenblicken hatten Dimosthenis' gut ausgebildete Männer eine Phalanx und damit einen gemeinsamen Schutzwall aus ihren Schilden gebildet. Mit den Speeren, die einige wieder aufgehoben hatten, stürmten wir nun den aus dem Wasser kommenden Spartanern

entgegen. Die hatten ihre Rüstungen fallen gelassen und gingen nackt, nur mit Schild und Schwert, auf uns los. Gegen unsere Speere zogen sie den Kürzeren, doch die tapferen Spartaner kämpften wie die Löwen. Und auch wenn sich das Wasser bereits rot färbte, waren noch genug übrig, die sich uns immer wieder entgegenwarfen, unsere Speere mit dem Schwert zertrümmerten oder sie umklammerten und uns entrissen. Das Meer brodelte, als immer mehr Spartaner aus den Booten sprangen und Land erreichten. Unsere Bogenschützen hatten keine Pfeile mehr und so war es nun an uns, mit Klinge und Schild die sich aus dem Meer erhebende Übermacht aufzuhalten.

26

Die Spartaner kamen nun über die gesamte Länge des Strandes an Land. Längst fanden genügend von ihnen die Zeit, ihre volle Rüstung anzulegen.

»Rückzug!«, schrie ich und deutete auf die Stelle mit der Felsnase.

Dimosthenis und die anderen verstanden. Rückwärts, die Schilde schützend hochhaltend, zogen wir uns den Strand hinauf zurück, bis wir weit genug vom Schein der Fackeln entfernt waren. Dann rannten wir mit letzter Kraft zu dem schmalen Durchgang, in der Hoffnung, dass unsere Bogenschützen es schaffen würden, die Felsen auf unsere Verfolger zu stürzen.

Nun schlugen einige brennende Pfeile um uns herum ein und kurz darauf folgte ein neuerlicher Pfeilregen, vor dem wir uns mit erhobenen Schilden schützen mussten. Mit den Schwertern schlugen wir alle Brandpfeile aus, die wir erwischen konnten, und rannten weiter, denn nun waren uns die voll bekleideten Spartaner auf den Fersen, die uns vom Strand vertrieben, an dem immer neue Soldaten von den Booten sprangen. Es mussten bestimmt zehn Biremen sein, die Alikios da aufgeboten hatte. Als hätte er vorgehabt, nach Heldos gleich weiter nach Athen zu marschieren.

Der Pfeilbeschuss hatte aufgehört, unsere Verfolger waren uns zu nahe. Doch diese warfen nun mit ihren Speeren und um mich herum fielen weitere unserer Männer.

Wir wirbelten herum, die Schilde voraus, und ließen unsere verblüfften Verfolger auflaufen. »Für Heldos!«, brüllten wir und hieben mit den Schwertern auf sie ein. Dann stürmten wir wieder zu der Engstelle. Die Spartaner brauchten erstaunlich lange, um sich aufzurappeln und die Verfolgung wieder aufzunehmen. Wir konnten einige Meter Vorsprung herausholen und diejenigen, die ihre Speere wieder aufhoben, fielen noch weiter zurück.

Wir erreichten den Engpass und postierten uns so, dass unsere Verfolger genau unter den Felsen wären, wenn sie versuchten, unsere Verteidigungslinie zu durchbrechen. Nun konnten wir nur hoffen, dass wir nicht zu Opfern unserer eigenen Falle wurden. Wir bildeten wieder eine Phalanx und stemmten in Erwartung des Aufpralls die Füße in den Boden, doch es wurde nur ein eher mittelmäßiger Schubs, denn es hatten nur wenige Verfolger geschafft, bis zu uns zu gelangen, und wir waren in der Überzahl, sodass wir sie schnell überwältigen konnten. Die anderen lagen vor uns verstreut, um sie herum Steine eher kleiner Größe, doch aus dieser Höhe geworfen waren es tödliche Geschosse.

Wir hatten einen kurzen Moment, um uns zu erholen,

die übrigen Spartaner, die lebend den Strand erreicht hatten, legten in aller Ruhe ihre Rüstungen an und formierten sich. Die Schilde über unsere Köpfe haltend, sammelten wir die Speere ein, die um uns herum lagen, damit konnten wir einer angreifenden spartanischen Kampfeinheit sicher ein Weilchen standhalten.

Der Strand hatte sich in das Leichenfeld verwandelt, das ich im Traum gesehen hatte, doch es waren nicht unsere Toten, die in der Überzahl waren. Bei diesem unglücklichen Landemanöver hatte Alikios vermutlich über die Hälfte seiner Männer verloren. Wo war er überhaupt? Sollte er nicht an der Spitze seiner Männer in die Schlacht ziehen? Er war doch Spartaner?

Da kamen die Feinde Heldos' schon anmarschiert. Die Schilde zur Phalanx erhoben, die Speere voraus, liefen sie nun zielstrebig auf uns zu. Wir sahen uns noch einmal an, dann krachten schon die Speere in uns hinein. Ein weiterer Trupp stand bereit und dahinter noch einer.

»Zurück!«, brüllte da einer hinten ihnen.

Die Spartaner zogen Schild und Speer zurück, machten einen Schritt nach hinten.

»Stoßt!«

Sie sprangen erneut vor.

»Zurück!«

Bevor der Anführer wieder den Befehl zum nächsten Stoß geben konnte, schrie ich aus Leibeskräften: »Zurück!«

Und tatsächlich: Die Spartaner, darauf gedrillt, jeden

Befehl unbesehen auszuführen und ansonsten nicht sehr helle, machten noch einen Schritt zurück, kamen dabei ins Straucheln und wurden von unserem sofort folgenden Gegenangriff förmlich überrannt.

Als die übrigen Spartaner das sahen, stürmten sie brüllend auf uns los, während wir uns umdrehten und die Flucht antraten. Hinter uns hörten wir das laute Donnern der großen Felsen, die nun von unseren Bogenschützen hinuntergestürzt wurden. Als wir uns nach ein paar Metern wieder umdrehten, damit wir unseren Verfolgern nicht den Rücken zuwendeten, waren kaum mehr als wir selber zählten übrig. Wir verzichteten auf die Formation und warfen uns ihnen mit erhobenen Schwertern entgegen. Dies war ein großer Tag für Heldos und der sichere Sieg über die spartanische Übermacht verlieh uns wahrhaft göttliche Kräfte. Im Bewusstsein, dass die Götter auf unserer Seite standen, waren wir den letzten der an diesem Strand noch lebenden Spartanern weit überlegen.

***

Zu unseren Füßen erstreckte sich das Festmahl des Todes, glänzten die Kiesel rot, so weit das Auge reichte. Die Biremen waren verschwunden, nichts außer den Leichen zeugte mehr davon, dass ein Kampf stattgefunden hatte.

Unsere Bogenschützen kamen jubelnd den Weg zum Strand hinuntergelaufen, doch mir war nicht nach Jubeln zumute. Sicher, wir waren siegreich gegen eine Übermacht gewesen, hatten den Feind zurückgeschlagen

und die Grundlage für ein Heldenepos gelegt, das noch Generationen später von unseren Nachfahren verbreitet werden würde. Die Götter waren mit uns und wir hatten unsere Freiheit errungen – nun konnte uns nichts und niemand mehr aufhalten! Wer würde sich den heldenhaften und unbezwingbaren Heldosianern entgegenstellen, die die Spartaner niedergeworfen hatten? Niemand!

Und doch war es für mich ein Tag der Trauer, denn es war unsäglich viel Blut vergossen worden. Ich trauerte nicht nur um unsere gefallenen Kameraden, sondern auch um jedes einzelne Leben, das ich genommen hatte, denn im Gegensatz zu den Spartanern war mir das Töten zuwider.

Als wir an den Strand gelangten, nahmen wir die noch herumliegenden Fackeln und machten uns auf die Suche nach Überlebenden. Doch die Spartaner waren offenbar nicht dafür vorgesehen, in Gefangenschaft zu geraten. Ich sah zahlreiche Leichen, denen ein Dolch in der Brust steckte – sie hatten den Tod der Gefangenschaft vorgezogen. Ihre Brustpanzer hatten sie dazu mit letzter Kraft abgelegt, indem sie die Riemen durchschnitten.

Also konzentrierten wir uns auf die Suche nach unseren eigenen Leuten und tatsächlich wurde einer gefunden. Die Männer bildeten einen Kreis um den Mann, der mit schmerzverzerrtem Gesicht dalag. In seinem Oberschenkel steckte ein Pfeil. Er war schon ganz blass, hatte wohl viel Blut verloren. Um ihn herum war jedenfalls alles rot.

Scheinbar erwarteten sie von mir, dass ich mich um

ihn kümmerte. Tatsächlich hatte ich aber keine Ahnung von der Heilkunst, abgesehen von dem, was mir Efthimis darüber beigebracht hatte, wie Spartaner so etwas machten.

Das würde dem Mann nicht gefallen, aber wir hatten wohl keine Wahl.

»Besorgt mir ein Stück Stoff!«, befahl ich, »und einen Pfeil.«

Es dauerte nicht lange, da brachte einer einen Stoffstreifen, den er einem toten Spartaner abgerissen hatte. Ein anderer hatte einen im Sand steckenden Pfeil geholt – das war besser als einer, der in Blut getränkt war, denn ich legte ihn dem Verwundeten in den Mund: »Fest draufbeißen!«, sagte ich, als er mich mit großen Augen ansah.

»Ihr zwei«, befahl ich nun, »haltet den Mann!«

Er wurde von kräftigen Händen zu Boden gepresst und schrie und stöhnte, dabei hatte ich noch gar nicht angefangen.

Ich nickte den Männern zu und zog den Pfeil mit einem kräftigen Ruck aus dem Bein heraus. Der Mann schrie so erbärmlich, dass mir ganz elend zumute wurde.

Ich betrachtete den blutverschmierten Pfeil und stellte mit Erleichterung fest, dass er noch vollständig war. Daraufhin wickelte ich den Stoffstreifen fest um sein Bein und wies die anderen an, ihn am nächsten Morgen nach Tiryns zu bringen. Vielleicht gab es dort einen Heilkundigen, der ihm helfen konnte.

Wir hatten mehr als zwei Drittel unserer Soldaten verloren. Wären die Spartaner nicht so unvorsichtig gewesen, uns in die Falle zu gehen, hätten sie uns niedergemacht.

Es waren zu viele Tote, um sie mit nach Heldos zu nehmen. Bis ihre Familien aus Argos zurück wären, würden die Raben längst über ihnen kreisen. Wir mussten sie hier an Ort und Stelle verbrennen. Doch dafür brauchten wir Holz – sehr viel Holz. Das musste bis morgen warten. Erst mal mussten wir uns erholen.

Wir verbrachten die Nacht am Strand, das waren wir unseren Toten schuldig. Bei Tagesanbruch würden wir weitersehen.

27

Alikios ging zu einem Käfig, der ganz allein in einem großen Raum mit rundem Ziegeldach stand. Er steckte den Finger hinein, zog ihn aber sofort wieder amüsiert heraus.

»Na? Heute so bissig, meine Kleine?«

Mia starrte ihn nur wütend an.

»Der Käfig dient nur zu deinem Schutz, glaube mir«, sagte er höhnisch. »Wenn ich in Kriegsdingen unterwegs bin, ist ja niemand mehr hier, der dafür sorgt, dass dir kein Leid zustößt. Wenn du dich natürlich einsam fühlst, kannst du mich ja anflehen, dich mitzunehmen. Wer weiß, vielleicht wirst du ja erhört?«

Er sah sie eine Weile an.

»Dann eben nicht«, brummte er. »Ich werde dich schon noch dazu bringen, mich zu lieben. Nun muss ich mich aber erst mal um Heldos kümmern. Meine Vasallen haben versagt. Alles muss man selber machen«, knurrte er unwirsch und ging hinaus.

Seine Leibwache wollte ihm schon folgen, da hielt Mia den Mann fest: »Bitte hilf mir!«, flehte sie ihn an.

Der Mann riss sich los und folgte seinem Herrn.

***

Ich erwachte, trotz der Strapazen der vergangenen Nacht, mit den ersten Sonnenstrahlen. Langsam richtete ich mich auf und stellte fest, dass die anderen noch friedlich schliefen. Auch Dimosthenis lag noch zusammengekauert neben mir.

Jetzt konnte ich das Meer rauschen hören, das sanft gegen den Strand schwappte. Ich drehte mich um und betrachtete es – es war wunderschön. Nie zuvor hatte ich so etwas Überwältigendes gesehen. Immer wieder schlugen die leichten Wellen gegen den Kieselstrand und spielten mit den kleinen Steinchen, die sie hin und her, vor- und zurückschoben.

Dies beobachtete ich eine geraume Zeit, bis ich eine vertraute Stimme hörte: »Wunderschön, nicht?«

Ich drehte mich um und blickte in Dimosthenis' Augen, dann nickte ich stumm und lächelte.

»Wir sollten uns vorbereiten!«, drängte ich schließlich.

Dimosthenis und stand auf. »Für was denn vorbereiten?«

»Der Kampf ist noch nicht vorbei!«, erwiderte ich betrübt und wies auf den Horizont.

Wir trugen die Speere zusammen, sammelten alle Pfeile ein und tauschten die Schilde aus, wenn wir bei einem Toten einen besseren fanden. Diejenigen, die keine Rüstung hatten, bedienten sich bei den Toten. Dies war nicht die Zeit, die Toten zu ehren, dies war die Zeit, ans eigene Überleben zu denken.

»Ein zweites Mal werden die Spartaner nicht so unvorsichtig sein«, meinte ich.

»Wieso glaubst du überhaupt, dass sie wiederkommen, nachdem sie sich so eine blutige Nase geholt haben?«, fragte Dimosthenis.

Ich hielt es für besser, ihm nicht von meinen Visionen zu erzählen, sondern meinte nur: »Weil es Spartaner sind. Sie geben weder auf, noch können Sie vergeben. Sie würden gegen uns anrennen, bis ganz Sparta leer ist. Aber das ist gar nicht nötig. Sie haben noch viel mehr Soldaten, sie müssen sie nur holen.«

Dimosthenis sah mich beunruhigt an. »Noch eine Nacht wie diese überstehen wir nicht.«

»Wir haben mit Verlusten gerechnet und einen großartigen Sieg errungen. Sei optimistisch, die Götter sind mit uns.«

Er nickte grimmig. »Da hast du allerdings recht. Gestern Nacht … das grenzt an ein Wunder.«

»Alikios wird wiederkommen, wenn er letzte Nacht überhaupt dabei war. Vermutlich nicht. Ich denke, Heldos ist nur ein Ablenkungsmanöver, eine Ausrede, um seine Truppen unauffällig in die Nähe Athens zu bringen. Er würde sich nicht mit dem Sieg über so ein unbedeutendes Provinznest zufriedengeben, nein, er möchte ein großer Eroberer sein.«

Dimosthenis rieb sich nachdenklich das Kinn. So richtig überzeugt war er nicht.

»Alikios hat nicht mit Widerstand gerechnet. Er nahm

an, er würde uns in den Betten erwischen. Er glaubte vermutlich auch, die Helikier würden sich hinter Sparta stellen. Warum auch nicht, das haben sie ja schon einmal getan. Deshalb hat er eine mittelgroße Streitmacht vorausgeschickt, damit diese Heldos besetzen würde. Von dort aus hätten sie Athen in den Rücken fallen können, während er mit dem Rest seiner Armada übers Meer gekommen wäre.«

»Und jetzt haben wir diesen Plan zerstört?«

»Ich bin mir nicht sicher. Vielleicht bietet ihm unser Sieg erst den Grund, eine noch größere Armee zu schicken. Er nimmt den Verlust seiner Leute in Kauf, riskiert, dass über Sparta gelacht wird, kommt dann mit einem riesigen Heer zurück, überrennt Heldos und zieht dann einfach weiter bis nach Athen.«

»Nein, er konnte unmöglich wissen, dass wir siegen werden.«

»Nein«, gab ich zu. »Aber irgendetwas in der Art hat er vor. Jedenfalls rechne ich damit, dass seine Schiffe noch heute am Horizont auftauchen.«

28

Die Bogenschützen hatten mit einem gewaltigen Vorrat an Pfeilen ihre Position wieder eingenommen. Wir anderen lagen hinter einem Sandwall, ausgestattet mit Hunderten spartanischer Speere, die wir wurfbereit neben uns liegen hatten. Den Sandwall hatten wir im Laufe des Vormittags mit bloßen Händen errichtet, als zusätzlichen Schutz gegen Pfeile und Speere.

Die spartanischen Schiffe lagen außerhalb der Reichweite unserer Bogenschützen im Meer. Wir konnten sehen, dass sie viele kleinere Boote dabeihatten, flache kleine Landungsboote ohne Tiefgang, die bis an den Strand fahren konnten. Dort würden die Spartaner in voller Montur und trockenen Fußes an Land springen. Blitzschnell wären so Hunderte von Angreifern am Strand und würden uns vom Erdboden fegen. Unser größter Vorteil, das Wasser, war dahin.

Still kauerten die Männer und ich auf dem Boden. Die Herzen schlugen uns bis zum Hals, doch wir bemühten uns, ruhig zu bleiben, nicht in Panik zu verfallen.

Einige Männer lagen noch einmal ausgestreckt auf

dem Rücken, andere eingerollt auf der Seite – eine letzte Entspannung vor der Schlacht. Wir kämpften dagegen an, dass die Angst uns überwältigte, doch ein jeder hielt die Stellung, keiner lief davon. Es war dieses Gefühl, wenn einem vor Aufregung für eine Sekunde das Herz stillsteht, wenn alle Geräusche sich auf ein dumpfes Dröhnen reduzieren und doch so laut sind, dass es den Kopf erfüllt.

Ich bekam den Kopf wieder frei, konnte das Meer hören – ein unregelmäßiges Rauschen, das von wildem Wellengang zeugte. Der Himmel hatte sich verdunkelt, sodass ein großer Schatten über uns lag. Doch noch fiel kein Regen.

»Sie kommen!«, sagte ich, nun wieder ganz ruhig und eiskalt.

Tatsächlich, die Biremen näherten sich dem Strand, jeden Moment kamen sie in Schussweite, würden die Landungsboote bemannt und losgeschickt.

»Pfeile!«, schrie einer von uns.

Statt wie ein Narr nachzusehen, ob es stimmte, zog ich die Beine ein und rollte mich unter meinem Schild zusammen, als auch schon lautes Hämmern anzeigte, dass Dutzende, wenn nicht Hunderte von Pfeilen in unsere Schilde krachten. Wir harrten unbewegt aus, während die spartanischen Bogenschützen Salve um Salve auf den Strand abschossen.

Natürlich wollte Alikios nichts mehr riskieren. Wir hatten ja auch tatsächlich die Idee erwogen, uns zwischen die Leichen zu legen und die Spartaner zu überrumpeln, wenn sie sich ein weiteres Mal in trügerischer Sicherheit wähnten. Gut, dass wir die sichere Variante gewählt hatten.

Wir zeigten durch keinerlei Bewegung an, dass wir lebten, bereit waren, uns den Spartanern ein weiteres Mal entgegenzustellen. Ich spähte vorsichtig durch einen winzigen Spalt unter meinem Schild hervor und sah, wie die Landungsboote sich näherten. Noch sicherte beständiger Pfeilregen das Landungsmanöver, doch sobald die Krieger den Strand erreichten, würde der Beschuss aufhören, damit man nicht die eigenen Männer in den Rücken traf.

»Macht euch bereit!«, zischte ich, doch meine Worte gingen in einem gewaltigen Donnern unter.

Ein Blitz zuckte durch den sich verdunkelnden Himmel, der Wind frischte wieder auf und riss mir die Worte von den Lippen: »Die Götter sind mit uns! Das ist für uns! Das ist für Heldos!«, brüllte ich nun aus Leibeskräften und gab das Signal zum Angriff.

Als der Regen einsetzte und prasselnd auf den mit Leichen übersäten Strand niederging, sprangen wir aus unserer Stellung und schleuderten den Spartanern unsere Speere entgegen. Unsere Gegner sprangen gerade aus den Booten und hielten abwehrend die Hände vors Gesicht, um sich gegen den Regen zu schützen, der ihnen vom anschwellenden Wind in die Gesichter gepeitscht wurde. Aus zusammengekniffenen Augen konnten sie uns vermutlich kaum erkennen. Die Spartaner in den vordersten Reihen fielen ebenso wie die, die noch in den Booten standen und darauf warteten, nach vorne an Land springen zu können. Nun jedoch, als ihre Kameraden um sie herum fielen und sie gegen den Regen nicht genau erkennen konnten, wer ihnen da vom Strand aus einen blutigen Empfang bescherte, stürzten sie Hals über Kopf aus den Landungsbooten, hasteten schweren Schrittes durch das hüfttiefe Wasser und waren in diesem kurzen Moment nahezu ungeschützt.

»Deckung!«, schrie ich und wir warfen uns zurück hinter unseren Wall.

Wenn unsere Bogenschützen diesen Moment verpassten und übersahen, dass wir ihnen die Schussbahn freimachten, war alles verloren.

Als wir zusammengerollt wie Säuglinge unter unseren Schilden kauerten, folgte auch schon das Knattern einschlagender Pfeile, doch es waren nur wenige, die es nicht bis zur Wasserlinie schafften.

Ich spähte unter meinem Schild hervor. Als der Pfeilregen aufhörte, gab ich erneut das Signal zum Angriff. Wieder bedienten wir uns aus unserem großen Vorrat an eingesammelten Speeren. Während nun die hinteren Reihen Speer um Speer aufnahmen und auf die Männer im Wasser schleuderten, stürmte ich mit der vordersten Linie heran, um es den Spartanern mit Schwert und Schild so schwer wie möglich zu machen, an Land zu gelangen.

Die Landungsboote waren nun fast alle heran und verteilten sich auf die gesamte Länge des Strandes. Unsere Bogenschützen leisteten ganze Arbeit und machten es den

Spartanern unmöglich, uns anzugreifen, da sie sich nur langsam unter ihren Schilden bewegen konnten, die sie ständig schützend hochhalten mussten. Doch schließlich, wir hatten bereits deutliche Verluste zu beklagen, mussten wir uns zurückziehen. Im Schutze der Speerwerfer, denen auch schon die Vorräte ausgingen, rannten wir den Strand hinauf und zu der Stelle, von der aus unsere Bogenschützen Felsen auf den Feind herabgestürzt hatten. Dank des alles verschlingenden Regens könnte der Trick ein weiteres Mal gelingen, sagten wir uns. Doch allzu viele Felsen waren nicht mehr übrig, die meisten lagen bereits unten.

Ich sah mich kurz um: Die Spartaner sammelten sich, rückten in geschlossener Formation vor. Das war zu erwarten gewesen – sie waren in ausreichender Zahl an den Strand gelangt, ihre Verluste waren zwar hoch und schmerzlich, aber nicht ausreichend, um sie ernsthaft aufzuhalten. Der Pfeilregen unserer Bogenschützen hatte aufgehört, doch das war Absicht. Wir hatten vereinbart, ein Drittel der Pfeile aufzusparen. Wenn die Spartaner sich erst mal sicher waren, dass den Bogenschützen die Munition ausgegangen war, konnte man sie im rechten Moment noch mal kalt erwischen. So war der Plan – natürlich konnte auch ein Trupp Reiter, den Alikios über Land geschickt hatte, um uns in den Rücken zu fallen, bereits alle unsere Männer oben auf den Klippen niedergemäht haben. Wir wussten es nicht – aber wir vertrauten auf die Götter!

Wir hatten die Engstelle erreicht, alles verlief nach

Plan. Die Spartaner rückten bereits mit fünf geschlossenen Einheiten näher, die Schilde weiterhin schützend über sich haltend. Die Speere ragten aus der sich vorbildlich auf uns zubewegenden Phalanx heraus wie die Köpfe der Hydra – bereit zuzustoßen.

Ich konnte einen einzelnen Mann erkennen, der hinter den Truppen stand und das Schild so über sich hielt, als wolle er vermeiden, nass zu werden. Das musste Alikios sein. Er war kaum zu erkennen durch die immer dichter werdende Regenwand – die Götter machten es den Spartanern wahrlich nicht leicht –, doch ich wusste genau, dass er es war. Ich fixierte ihn, sah schon mein Schwert in seiner Brust …

Doch bevor ich ihn stellen konnte, mussten wir erst die gut 300 Mann besiegen, die nun gleich die Engstelle erreicht haben würden. Die Felsen und Pfeile würden niemals für alle reichen und vom Wasser aus kamen immer mehr, denn auch die Biremen waren nun nahe genug, dass die Spartaner in gewohnter Manier nackt über den Bug ins Wasser springen konnten. Alikios schien sein gesamtes Heer an diesem Strand zu versammeln – gegen eine Handvoll Heldosianer! Stolz ließ meine Brust anschwellen.

Es ging los. Zwei spartanische Einheiten hatten auf gleicher Höhe zu uns aufgeschlossen, die Schilde weiter schützend über sich. Wir bildeten ebenfalls eine Wand aus unseren Schilden. Wir standen exakt an der Stelle, die wir zuvor berechnet hatten – nicht mehr als zehn Schritte von der Stelle entfernt, an der die äußersten Felsen einschlagen würden. Da zuckte wieder ein Blitz über den schwarzen Himmel und der folgende Donner übertönte das Krachen der Felsen, die nun in die spartanischen Einheiten stürzten. Wir sprangen vor und nutzten den kurzen Moment der Verwirrung, als die gegnerischen Schildreihen sich auflösten, und trieben unsere Speere erbarmungslos in unsere Feinde hinein, setzten mit den Schwertern nach und schützen uns gleichzeitig mit den Schilden nach oben, denn nun sollte der Pfeilregen wieder einsetzen. Die Spartaner, die Schilde nur gegen uns gerichtet, fielen Mann um Mann, bis die übrigen den Rückzug antraten.

Wir rissen die Arme hoch und jubelten. »Heldos! Heldos!«, hallte unser Schlachtruf über den Kies und wurde vom brausenden Sturm, der den Regen wie Pfeile vor sich hertrieb, bis zu den spartanischen Biremen getragen. Die Spartaner mussten ein weiteres Mal vor uns fliehen, was für ein großartiger Moment. Während die Biremen bereits wendeten, sammelten sich die spartanischen Krieger im hinteren Teil des Strandes und bildeten dort eine große Einheit aus mehreren kleinen, alle in ordentlicher Phalanx. Doch ihre Speere zeigten nicht zu uns, sondern aufs offene Meer hinaus.

Ich kniff die Augen zusammen. Was ging da vor sich? Der Sturm ließ das Wasser schäumen, der Himmel war fast völlig verdunkelt – da zuckte ein weiterer Blitz und erhellte die Szenerie für Sekunden: Mit offenem Mund wurde ich gewahr, wie Hunderte Männer an den Strand stürmten, die mit ebenso kleinen Landungsbooten gekommen waren wie die Spartaner, doch ich erkannte deutlich, dass es nicht dieselben waren. Auch bemerkte ich, dass die Kleidung der Ankömmlinge blau war – Athener! Wir hatten die erhoffte Verstärkung bekommen.

Die spartanischen Biremen standen unter Beschuss, wie ich nun erkannte. Die Athener hatten eine große Flotte auf dem Meer zusammengezogen und fielen über die feindlichen Schiffe her. Ich sah Flammen, die vereinzelt die Dunkelheit aufrissen.

Die spartanischen Einheiten wurden nun bereits zurückgetrieben. Zu schnell gelangten immer mehr Athener an den Strand und Alikios ließ seine Männer dort hinauflaufen, alles in geschlossener Formation, wodurch sie recht langsam waren. Sie kamen auf uns zu, wurden nun, je weiter sie sich vom Wasser entfernten, immer schneller. Sie wollten sich hinter der Engstelle verschanzen, die eben noch zur tödlichen Falle für sie geworden war. – Wir standen im Weg!

»Mir nach!«, schrie ich und rannte nach links, darauf vertrauend, dass die Spartaner sich nun nicht mehr weiter für uns interessieren würden.

Und tatsächlich konnten wir die Phalanx ungehindert umgehen und seitlich ausweichend zum Strand gelangen. Hoffentlich sahen die Athener das Blau unserer Kleidung, das von so viel spartanischem Blut besudelt war, dass man schon genau hinsehen musste, um es zu erkennen.

Doch die Athener hatten gute Augen. Sie hießen uns mit wildem Jubel willkommen, während sich das Gros zu Einheiten formierte und bereits auf die Engstelle vorrückte.

»Da seid ihr ja endlich!«, begrüßte ich die ersten Athener, die sich uns näherten.

»Euer Bote traf spät ein. Das nächste Mal schickt ihr lieber einen jüngeren Reiter!«, rief eine Stimme, die mir vage bekannt vorkam.

Ein Mann, der etwas jünger als mein Vater war, trat hervor. Die prächtige Rüstung wies ihn als Feldherrn aus.

»Demokrit!«, rief ich verblüfft, als ich den kleinen Bruder Aiolos' erkannte, den ich als kleiner Junge einmal kennengelernt hatte.

»Thymios!«, rief er nun und strahlte mich an. »Dein Ruf eilt dir voraus. In ganz Griechenland spricht man schon davon, wie die tapferen Fridianer die Spartaner besiegten!«

»Heldosianer!«, korrigierte ich ihn lachend. »Heldos ist wieder vereint!«

Er nickte wohlwollend. »Meinen Segen hast du.«

»Wo ist dein Bruder?«, fragte ich nun unruhig.

Oben am Strand sammelten sich Demokrits Truppen, warteten aber noch auf das Signal zum Angriff.

»Alikios ist tot«, erwiderte Demokrit. Seine Stimme verriet nicht seine Gefühle. Er blickte mich nur ernst an, als wollte er sagen: Du hast nichts zu befürchten.

Die Athener richteten sich nun offenbar für eine längere Stellung ein. Ich sah, wie im Hintergrund lange Landungsboote an den Strand gezogen wurden, aus denen die Männer Standen und Planen holten, um Zelte aufzustellen. Der Himmel klarte etwas auf und der Regen ließ nach.

»Was hast du vor?«, fragte ich Demokrit. »Lasst uns den Spartanern den Rest geben, dann ist es erledigt!«

»Ihr habt gut gekämpft und wir könnten uns jetzt wie ihr wild in die Schlacht stürzen, doch wozu? Wir können die Spartaner besiegen, ohne einen weiteren Mann zu verlieren.«

Er blickte traurig auf all die Leichen, die den Strand bedeckten. Es waren auch zahlreiche Athener darunter, die beim Versuch, den Strand zu erobern, ihr Leben lassen mussten.

Ich nickte. Und ich freute mich, dass er so ein weiser und milder Herrscher war. Der Nachfolger Aiolos' konnte Athen in wahrhaft göttliche Zeiten führen. Mein Herz schlug vor Freude höher, wenn ich daran dachte, dass auch ich einmal Kinder haben wollte, die dann in einer besseren Welt leben konnten, als es mir als Kind vergönnt gewesen war. Wie herrlich das Leben unter einem gütigen Herrscher sein konnte …

Demokrit hatte mich und Dimosthenis in das eilig für ihn errichtete Zelt mitgenommen, wo wir nun die Lage besprachen.

»Die Spartaner haben noch viel mehr Schiffe, sie wollten von hier aus über Heldos nach Athen vordringen, aber Athen auch von der Seeseite her angreifen. Der Rest ihrer Flotte befindet sich etwa hier«, erklärte Demokrit und zeichnete eine kleine Karte in den Sand, während seine Leute ein kleines Feuer entzündeten.

»Wie sieht es hinter dieser Felsnase aus, an der die Spartaner nun lauern?«, wollte er von uns wissen.

»Der Zugang zum Meer ist für Boote ungeeignet, da kommen sie nicht weg«, meinte ich. »Aber sie haben dort eine gute Position. Unsere Bogenschützen oben auf den Klippen haben keine Pfeile mehr und auch die Felsen dürften verbraucht sein, die liegen euch bei eurem Angriff im Weg.«

Demokrit winkte ab. »Die Spartaner werden aufgeben, wenn wir ihre Flotte vernichtet haben«, knurrte er. »Doch das lasst unsere Sorge sein. Die Seeschlacht gehört nun wirklich nicht zu den Aufgaben der tapferen Heldosianer.« Er bemühte sich zu grinsen: »Könnt ihr überhaupt schwimmen?«

Wir schüttelten die Köpfe.

29

Wir hatten uns etwas an dem Feuer gewärmt und uns von Demokrit verköstigen lassen, der – wie es einem Herrscher geziemte – gut ausgestattet in den Krieg gezogen war. Es gab Obst, Käse, Wasser und Wein.

Da stand plötzlich ein atemloser Soldat vor dem Zelt: »Wir werden angegriffen, Herr!«, schrie er.

Wir traten ins nun helle Licht der Sonne, die durch die aufreißenden Wolken auf uns niederstrahlte. Am Horizont waren zahlreiche rote Segel aufgetaucht. Rauchsäulen stiegen in den Himmel. Man konnte blaue und rote Schiffe erkennen, die aneinanderlagen, doch wer da wen enterte und den Sieg davontragen würde, war nicht auszumachen.

»Verdammt! Die waren schneller da als erwartet!« Demokrit schlug sich wütend in die Faust.

»Sie werden Alikios befreien wollen. Lasst ihn uns töten, bevor es ihnen womöglich noch gelingt!«

Demokrit dachte nach, dann nickte er. »Gut. Vielleicht geben sie auf, wenn wir ihren Herrscher in unserer Gewalt haben.«

Nein, dachte ich, *Spartaner geben niemals auf*, doch ich behielt diese Erkenntnis für mich. Hauptsache, Demokrit befahl den Angriff auf Alikios – damit ich ihn mir endlich schnappen konnte, um aus ihm herauszuprügeln, wo er Mia versteckte.

Da sah ich einen brennenden Pfeil, der von einem der spartanischen Schiffe abgefeuert worden war. Nein, kein Pfeil … ein Speer, ein riesiger brennender Speer. Sie mussten ein Katapult haben, um auf diese Distanz Speere zu verschießen.

»In Deckung!«, brüllte ich und warf mich in den Sand.

Dimosthenis lag schon neben mir, Demokrit folgte sogleich. Da wurde das Zelt über uns auch schon weggerissen. Als wir aufsprangen, war es nur noch ein brennendes Knäuel, das von dem Speer gleichsam an den Boden genagelt worden war.

Starr sahen wir uns an, dann zurück zum Meer, von wo schon der nächste brennende Speer abgeschossen wurde.

»Weg hier!«, rief einer von Demokrits Soldaten und mit erhobenen Schilden umringte ihn nun seine Leibwache und drängte uns dabei zur Seite. Sie mussten ihren Herrscher schützen, das war ihre Aufgabe und der kamen sie nun entschlossen nach.

»Komm«, sagte ich zu Dimosthenis und lief voraus zu den anderen Heldosianern, die unentschlossen auf uns gewartet hatten.

»Wollt ihr ein letztes Mal in die Schlacht ziehen?«, fragte ich sie laut. »Wir können es auch den Athenern über-

lassen, Alikios zu besiegen. Ihr habt wacker gekämpft, es wäre keine Schande, jetzt aufzuhören.«

Doch statt die Waffen niederzulegen, reckten sie die Schwerter in die Luft und schrien: »Heldos! Heldos! Heldos!«

Wir liefen den Strand hinauf, wo sich die Athener Phalanx nun auf die Spartaner zubewegte, die sich hinter den von unseren Männern herabgestürzten Felsen verschanzten. Auf einen Wink Demokrits hin, der den Angriff persönlich führte, wurden wir in die athenische Einheit aufgenommen und marschierten nun zusammen gegen unseren gemeinsamen Feind.

Hinter uns, auf dem Meer, tobte indes die Schlacht der Schiffe.

30

Demokrit hatte seine Bogenschützen in Stellung gebracht, die die Spartaner nun mit Pfeilen eindeckten, während wir in der Phalanx auf sie zumarschierten. Die Spartaner harrten unter ihren Schilden aus, unbewegt, kampfbereit.

Als die Felsen uns zwangen, die Phalanx aufzulösen, griffen sie an. Brüllend stürzten sie sich auf uns und trieben uns rasch auseinander, doch die Athener waren auch gute Kämpfer; wo ihre Reihen aufbrachen, stellten sie sich sogleich zu dritt oder viert zusammen, um neue, kleinere Einheiten zu bilden. Die Spartaner indessen schlugen mit unbändiger Wut auf uns ein; es war, als würde ihnen der Schmerz über die Niederlage neue Kräfte verleihen. Würden die Götter uns weiterhin beistehen, oder war es nun an den Spartanern, die Unterwelt mit weiteren Toten zu versorgen?

Als die erste Angriffswelle der Spartaner unsere Formation zersprengt hatte und zwischen den Felsen lauter Kämpfe Mann gegen Mann entbrannt waren, schickte Alikios die zweite Angriffswelle vor, während von unserer Seite aus die Nachhut nur mühsam aufrücken konnte.

In dieser Position lag der Vorteil eindeutig bei den Spartanern, wie ich zugeben musste. Demokrit hatte recht gehabt, es würde große Verluste geben, bis wir Alikios dort herausgeholt hätten. Aber zu warten war angesichts des unsicheren Ausgangs der Seeschlacht einfach keine Option.

Mit einem wütenden Aufschrei rammte ich einem Angreifer mein Schild gegen die Brust, wirbelte herum und stach ihn mit dem Schwert nieder, während ich gleichzeitig mein Schild schützend vor einen Athener hielt, dem ein Spartaner gerade in den Rücken fallen wollte. So schlug ich mich bis in die vorderste Reihe durch, wo ich Mann um Mann niederschlug, blind vor Raserei und nur Alikios vor Augen, der gut sichtbar und doch unerreichbar hinter seinen Männern stand und mich aus brennenden Augen fixierte. Er gab ein Zeichen, woraufhin einer seiner Männer einen Felsen erklomm und den Bogen auf mich richtete, doch er wurde von einem Athener Pfeil von den Füßen gerissen, noch bevor er den Bogen gespannt hatte.

Hinter mir wurde das Geschrei lauter, doch ich wagte nicht, mich umzudrehen, warf mich brüllend gegen die, die von vorne auf mich einschlugen, wehrte diejenigen ab, die um mein Schild herumsprangen. Von hinten wurden Speere in die nun langsam zurückweichende Masse wogender Spartaner gestoßen, deren Speere weniger wurden, je öfter die Athener gegen sie anstürmten und mit den Schwertern dreinschlugen. Die Toten zu unseren Füßen stapelten sich bereits, die spartanischen Reihen lichteten sich. Dann war es so weit und die Phalanx der Spartaner wurde durchbrochen, ihre Einheit nun auseinandergerissen und die eben noch gerade Verteidigungslinie verwandelte sich in ein wildes Getümmel aus Einzelkämpfen. Die in großer Zahl nachrückenden Athener trieben die Spartaner schnell auseinander und so verteilte sich das Kampfgeschehen über den gesamten Strandabschnitt, der hinter der Felsnase lag.

Die Spartaner waren chancenlos und sie wussten das. Dies war der Moment, wo ein großer Kriegsherr seine Niederlage einsehen und um Gnade für seine Männer bitten würde. Doch nicht so Alikios, der sich hinter einer Handvoll Leibwachen verbarg und hysterisch sinnlose Befehle brüllte, während die Athener mit Speeren auf die letzten Verteidiger losgingen.

Da machte sich Alikios plötzlich nach hinten aus dem Staub. Ich setzte ihm sofort nach und stellte ihn schon nach wenigen Metern – den untrainierten Schwächling, der sich lieber in einer Sänfte herumtragen ließ, als selber zu laufen. Er zog das Schwert und sah mich mit irrem Blick an.

»Du?«, kreischte er fassungslos, als wäre ich von den Toten auferstanden.

Ich würdigte ihn keines Wortes, wehrte einen letzten Spartaner ab, der sein Leben für seinen Herrn gab und von der Seite auf mich zugesprungen kam.

Alikios Umhang war abgerissen, wohl während er verzweifelt versucht hatte, im Getümmel hinter seinen Männern Schutz zu finden. Der Helm war ihm vom Kopf gefallen, als er wie ein Karnickel davonlaufen wollte. Nun stand er da. Allein. Eine erbärmliche Gestalt. Ich rechnete damit, dass er um sein Leben betteln würde, doch er überraschte mich und sprang mit gezogener Klinge auf mich zu.

Mühelos wehrte ich seinen kraftlosen Schlag ab, warf ihn zu Boden und schob sein Schwert mit dem Fuß beiseite. Während er mich aus angsterfüllten Augen anstarrte, ließ ich achtlos meinen Schild fallen, nahm langsam den Helm ab und warf ihn in den Sand, löste den Brustpanzer und stieß ihn fort … Ungeschützt, mit meinem im Wind flatternden blauen Umhang, der mit dem Blut der Spartaner getränkt war, stand ich vor ihm.

»Steh auf!«, sagte ich leise.

Als er sich nicht rührte, brüllte ich ihn an: »Steh auf!«

Langsam, als wollte er dadurch sein erbärmliches Leben noch um Sekunden verlängern, erhob sich der Herrscher über Sparta.

Ich hob die Fäuste und sah ihn verächtlich an. Auch er nahm nun Kampfhaltung ein, hatte die Fäuste geballt. Die Athener sahen uns fasziniert zu.

Dann sprang ich vor und schlug ihm ins Gesicht. Er wich zurück und schleuderte mir Sand in die Augen – ich hatte nicht bemerkt, dass er in der geschlossenen Faust Sand bereithielt. Während ich für einen kurzen Moment blind war, warf er sich auf mich und riss mich um. Er kam auf mir zu liegen und hatte plötzlich das Schwert in

der Hand, das ich nicht weit genug fortgestoßen hatte. Als er es an meine Kehle setzte, packte ich seine Arme und drückte sie weg. Ich blinzelte, um den Sand aus den Augen zu bekommen. Er grinste höhnisch, doch ich konnte ihn umwerfen und den Spieß umdrehen – nun saß ich auf ihm und schlug ihm immer wieder ins Gesicht, rasend vor Zorn. Dann ließ ich von ihm ab und stand auf. Ich brauchte ihn lebend.

Mein Zorn war verraucht, meine Wut abreagiert. Nun wurde es Zeit, an die Zukunft zu denken, an Mia. Alikios würde mir schon sagen, wo er sie gefangen hielt. Ich sah zum Meer, wo sich die Seeschlacht auch zugunsten der Athener entwickelt hatte, und dankte den Göttern von ganzem Herzen.

31

Als wollten die Götter den Spaß noch etwas in die Länge ziehen, schnellte Alikios noch einmal hoch, wie von Seilen gezogen. Er hielt den Dolch in der Hand, mit dem die Spartaner sich der Gefangenschaft entzogen, indem sie ihn sich selber in die Brust stießen. Ich riss schützend die Arme hoch, als er überraschend schnell vorsprang, und wurde dabei wieder von ihm zu Boden geworfen. Geifernd drückte er die Klinge gegen meinen Hals. Ich packte ihn an den Handgelenken und bog diese mühelos auseinander, da ließ er den Dolch fallen und beugte sich nach vorne. Sein Brustpanzer drückte gegen mein Gesicht. Als er sich wieder aufrichtete, hatte er erneut ein Schwert in Händen, das er an meine Kehle setzte, doch ich hatte den Dolch zu fassen bekommen, den ich ihm nun, durch seinen Brustpanzer hindurch, in den Bauch stieß.

Die Erkenntnis, dass seine Niederlage nun unumkehrbar war, sein Leben verwirkt und sein spezieller Platz für ehrlose und feige Tyrannen im Hades bereits vorgewärmt, breitete sich auf seinem Gesicht aus wie verschütteter Wein. Fast ungläubig starb er auf mir.

Ich schob den toten Herrscher Spartas von mir herunter und erhob mich. Die Athener jubelten mir zu und Dimosthenis kam herbeigeeilt, um mir zum Sieg zu gratulieren.

So endete der Kampf der Heldosianer gegen die Spartaner und aus Heldosianern und Athenern wurde wieder ein Volk, nach Generationen erneut vereint. Wir waren wieder Brüder, nicht nur im Kampf, sondern auch im Geist. Gemeinsam hatten wir den Sieg für die Freiheit errungen und gemeinsam würden wir den Frieden genießen, der uns allen nun beschieden sein sollte.

Langsam hob ich meine rechte Hand und schrie: »Für Ehre und Respekt! Für Gerechtigkeit und Bruderschaft! Für ein vereintes Griechenland, meine Brüder. Friede!«

Der Jubel war unbeschreiblich und hallte noch lange von den Felswänden wider.

***

Noch während auf See die letzten Klingen gekreuzt, die letzte spartanische Bireme versenkt wurde, begannen am Stand die Aufräumarbeiten. Die Athener errichteten gewaltige Scheiterhaufen, auf denen sie die Toten verbrannten, während sie gleichzeitig die eigenen Verluste zählten und Namenslisten anfertigten, um die Hinterbliebenen zu benachrichtigen und die Witwenrenten zuzuteilen.

Da wurde ein verwundeter Spartaner zu mir geführt.

»Herr! Dieser Mann wünscht euch zu sprechen. Er bat um sein Leben für eine Information.«

Ich sah mir den Spartaner an: Er war verletzt und verlor Blut, dennoch war er gefesselt.

»Nehmt ihm den Strick ab!«, befahl ich.

»Er wird sich töten, Herr.«

»Nicht, wenn ihr ihm alle Waffen abgenommen habt«, meinte ich und sah die beiden Athener an.

»Ich werde mich nicht töten, Herr«, sagte der Spartaner da. »Ich wollte gar nicht mehr mitziehen, denn mein Herz schlägt schon lange nicht mehr für Sparta. Sie nahmen mir mein Kind, das kann ich nicht verzeihen. Ich wollte mit meiner Frau nach Olympia ziehen, wie mein Bruder es schon vor vielen Jahren tat …«

Ich keuchte. Sollten die Götter so verrückt sein? »Wie lautet sein Name?«

»Efthimis«, sagte der Mann und sah mich fest an.

»Efthimis …«, flüsterte ich, reichte dem Knienden die Hand und zog ihn auf die Füße. »Wie ist dein Name?«, frage ich ihn nun und nahm ihm endlich den Strick ab, der seine Hände immer noch zusammenband.

»Perseus«, sagte er und sah mich dankbar an.

»Grüß Efthimis und Leandra von mir«, sagte ich. »Sie sind Freunde. Doch nun sprich, was für Informationen wolltest du mir anbieten, Perseus?«

»Ich weiß, wo Mia ist …«

32

Wir verließen den Strand von Tiryns, begleitet von 100 Athenern, die uns Demokrit zur Unterstützung mitgab. Laut Perseus hatte Alikios ein geheimes Zwischenlager in Tiryns einrichten lassen, in dem Mia nun noch gefangen gehalten werden würde. Er hatte selbst gehört, wie eine der Leibwachen Alikios' zu den anderen sagte, was für eine Schande es sei, das hübsche Mädchen ganz allein zurückzulassen.

Ich konnte es kaum erwarten, jede Faser meines Körpers bebte vor Erwartung und Glück.

Die Sonne neigte sich schon dem Horizont entgegen, als wir uns Tiryns näherten, doch sie wärmte unsere Haut, denn der Wind hatte sich gelegt und war einer milden Brise gewichen, die nun aus dem Landesinneren kam und den Geruch des Frühlings mit sich brachte.

Als wir Tiryns erreichten, erkannte ich das Haus sofort an seinem runden Ziegeldach. So hatte ich es auch in meinen Träumen gesehen. Es waren keine Wachen zu sehen, auch sonst zeigte sich niemand. – In Kriegszeiten war es besser, die Köpfe nicht zu forsch herauszustrecken; die Einwohner Tiryns versteckten sich entweder in ihren Häusern oder waren gar ins Hinterland geflüchtet.

»Wartet hier auf mich«, sagte ich zu den Soldaten.

Ich betrat einen gemauerten Gang, der mich an die Seite des runden Turms führen würde. Der Gang war von den wenigen Sonnenstrahlen, die noch zwischen den Gebäuden durchdrangen, nur schwach beleuchtet. Ich gelangte an eine Tür, die unverriegelt war und sich knarrend öffnen ließ. Vorsichtig spähte ich hinein, doch der dahinter liegende Raum war leer.

Es war stockdunkel in dem fensterlosen Erdgeschoss, das ansonsten vielleicht als Getreidelager diente. Vorsichtig tastete ich mich in der Finsternis vor, bis ich an eine Treppe gelangte, die ich vorsichtig hinaufstieg. Oben sah ich ein schwaches Licht, das von einer der Fensteröffnungen herrühren mochte, die ich von draußen gesehen hatte. Ich beschleunigte meine Schritte und je näher ich der Lichtquelle kam, desto schneller wurde ich. Schließlich erreichte ich das Dach und stand vor einer weiteren Tür, die ich nun vorsichtig aufstieß. Im dunklen Dämmerlicht des versiegenden Tages sah ich den Käfig, ansonsten war der Raum leer. Alikios hatte sie tatsächlich alleine zurückgelassen!

Mia!

Wo war sie? Ich trat ein, trotz allem das Schwert gezückt und wachsam um mich blickend. Als ich an den Käfig trat, sah ich sie in einer Ecke liegen, nicht mehr als ein mageres Bündel, kaum zu sehen unter dem wallenden Gewand, das sie trug.

»Mia«, sagte ich leise, doch sie rührte sich nicht.

»Mia! Mia!«, schrie ich nun und rüttelte an den Eisenstäben.

Verzweifelt suchte ich nach einer Tür, einer Klappe – irgendwas! Doch Alikios hatte den Käfig ohne Tür bauen lassen.

Ich schlug mein Schwert in das Holz des Käfigbodens, in dem die Eisenstangen steckten. Es war hart, doch meiner Klinge konnte es nicht widerstehen. Schlag um Schlag hieb ich immer größere Stücke heraus, bis ich die erste Stange herausreißen konnte. Danach war es ein Leichtes, noch weitere Standen freizulegen und herauszureißen.

Schließlich kroch ich hinein und nahm Mia auf die Arme – sie war leicht wie eine Feder, leichenblass und völlig ausgetrocknet.

Ich hob sie aus dem Käfig und eilte mit ihr die Treppe hinunter.

Noch viel vorsichtiger als auf dem Hinweg tappte ich durch die Dunkelheit, bis ich die Tür erreicht hatte. Kaum war ich im Freien, da rief ich auch schon: »Wasser! Bringt mir Wasser!«

Im Abendlicht konnte ich nun sehen, wie abgemagert und ausgemergelt Mia war. Nur noch Haut und Knochen, die Augen rot vom Weinen, die trockenen Lippen aufgeplatzt, doch immer noch voll.

Ich legte sie auf ein Stück Gras und führte einen Wasserschlauch an ihren Mund. Vorsichtig befeuchtete ich ihre Lippen, ließ ganz langsam Wasser in ihren Mund rinnen.

Ihr Atem war flach, aber noch spürbar. Ihr Herzschlag war zu hören, wenn man das Ohr an ihre Brust legte, die sich kaum merklich hob und senkte.

Da begann sie zu schlucken, erst ganz schwach, doch dann immer besser. Ihre Augen flackerten, dann sah sie mich an, während sie gierig das Wasser trank.

»Nicht so viel auf einmal«, sagte ich sanft.

Ihr Blick flackerte, dann erkannte sie mich. »Thymios!«, hauchte sie. »Du hast es geschafft … mein Thymios!«

Lächelnd nahm ich sie in den Arm. Ich schluchzte, während ich mein Gesicht an ihre Schulter presste und ihren Duft, der immer noch nach Blumen roch, einatmete.

Die Männer hinter uns betrachteten uns mit feuchten Augen, während sie an ihre eigenen Frauen und Kinder dachten, denen nun ein schönes Leben in Friedenszeiten bevorstand.

Glückliche Zeiten – glückliche Männer, die sich der Tränen ihres Glücks nicht zu schämen brauchten. Ich ließ den meinen freien Lauf; endlich, nach all den Jahren konnte ich Freudentränen vergießen! Wie ich das genoss!

Ich ließ Mia los, die mich nun mit großen feuchten Augen ansah. Sie nahm mein Gesicht in ihre zarten Hände, kam mit ihrem näher und legte ihre feinen Lippen auf die meinen. Alle meine Träume wurden wahr, meine Wünsche erfüllt und mein Herz wollte mir aus der Brust springen vor Freude. Ich war der glücklichste Mann Griechenlands!

Diesen Kuss würde ich wohl nie vergessen, es war das Schönste, was mir je widerfahren ist. Nun machte alles einen Sinn, all meine Bemühungen zu überleben, zu kämpfen, die Hoffnung nicht zu verlieren – für diesen einen Kuss.

Die Soldaten bauten aus Speeren und Umhängen eine Trage, mit der wir Mia zu Demokrits Lager brachten. Dort kümmerte sich ein Heilkundiger um sie und flößte ihr einen stärkenden Trank ein, während Diener Demokrits ihr neue, saubere Kleider brachten. – Es hatte offenbar große Vorteile, ein Kriegsheld zu sein!

»Sie ist wirklich schön, Thymios, ich kann verstehen, dass du für sie eine ganze Armee niedergeworfen hast!«, sagte Demokrit, als er sich zu uns setzte. »Ihr seid ein schönes Paar.«

Ich sah ihn mit einem Lächeln an und nickte zufrieden.

»Heute feiern wir aber nicht nur Mias Rückkehr, sondern das Ende des Krieges, die Vereinigung von Helikios und Fridos zu Heldos!«, sagte ich nach einiger Zeit.

Ich dachte an meine Eltern, stellte mir vor, wie ich ihnen die glücklichen Neuigkeiten überbrachte, aber auch Mias Mutter würde vor Glück und Freude sicherlich zu neuem Leben erwachen. Der Gedanke, dass das traurige Los von Mias Mutter unser neues Glück überschatten würde, war unerträglich.

Wir verbrachten die Nacht bei den Athenern, die erst am nächsten Morgen aufbrechen wollten. Die Toten waren noch nicht alle verbrannt, die Schiffe mussten zum Teil erst repariert werden, bevor sie die Rückfahrt antreten konnten.

Wir feierten mit dem Proviant, den die Athener mitgebracht hatten, und auch wenn ich nicht um eines der zahlreichen Feuer tanzen konnte, weil ich die ganze Zeit Mia im Arm hielt, so tanzte doch mein Herz zusammen mit meinen Männern – meinen Kampfgenossen und Freunden.

***

Im Morgengrauen brachen die Athener ihr Lager ab. Die Heldosianer sammelten sich und wurden unter erneutem Jubel verabschiedet. Wir wussten, dass in den Tavernen von Athen bald Lieder über uns gesungen und Legenden verbreitet werden würden. Ich war jetzt schon gespannt, wie sehr die Leute diese ohnehin schon unglaubliche Geschichte noch ausschmücken würden.

Mia, die immer noch geschwächt war, aber schon wieder stehen konnte, nahm mich noch einmal in den Arm, als wir schon oben auf der Klippe waren. Wir sahen uns glücklich in die Augen und einer herrlichen Zeit entgegen. War die Legende vom Krieger, der die geteilte Stadt einte und Sparta besiegte, vielleicht schon bald in aller Munde, so würde die Geschichte von Mia und Thymios, deren Liebe so stark war, dass sie die Zeit und alle Hindernisse überwand, noch viel bekannter werden.

Epilog

Damals, an dem Tag, als wir Männer nach Heldos zurückkehrten, holten wir unsere Familien in Argos ab, wo sie insgesamt vier Tage hatten ausharren müssen, doch die Bewohner der Stadt waren gnädig gewesen und hatten unsere Familien so gut es ging mit Brot und Früchten versorgt. Wir dankten unseren Nachbarn und verschwendeten keinen Gedanken daran, dass die Versorgung erst eingesetzt hatte, als der mitgebrachte Proviant unserer Leute aufgebraucht war – was zufällig mit dem Tag zusammenfiel, an dem wir die Spartaner das erste Mal zurückgeschlagen hatten.

Das Leuchten in den Gesichtern meiner Eltern war unbeschreiblich und allein schon Lohn für all die Mühen. Es gibt doch für einen Mann nichts Schöneres, als den Stolz in den Augen des eigenen Vaters zu sehen. Vater legte mir die Hand auf die Schulter und drückte mich, Mutter fiel mir hemmungslos schluchzend um den Hals und bedeckte mein Gesicht mit Küssen – die Umstehenden begannen schon zu grinsen.

Das Wiedersehen zwischen Mia und ihrer Mutter war unbeschreiblich, ja wirklich – jeder Versuch, dies wiederzugeben, wäre vergebene Liebesmüh! Die alte Frau, die sich kraftlos von Tag zu Tag geschleppt hatte, weil der Kummer über die verlorene Tochter sie gebrochen hatte, blühte auf, war wieder glücklich und genoss das Leben wieder in vollen Zügen. Denn was konnte es für eine Mutter Schöneres geben als mitzuerleben, wie die geliebte Tochter ihr Glück fand?

In Heldos ließen wir die Feldarbeit noch einen weiteren Tag ruhen, denn wir hatten noch etwas Wichtiges zu erledigen: Die Palisade, die unsere Stadt all die Jahre geteilt hatte, wurde abgerissen. Der große Platz, der nun in der Mitte unserer Stadt lag, verfügte über zwei Brunnen, weshalb man Heldos manchmal auch die Zwei-Brunnen-Stadt nannte.

Wir mussten unseren Familien die Geschichte immer und immer wieder erzählen und im Laufe der Jahre wurde es eine Legende, die abends an den Feuern erzählt wurde, die die Kinder zum Einschlafen vorgesungen bekamen und über die man Theaterstücke schrieb, die in den großen Städten aufgeführt wurden.

Mia und ich heirateten keine drei Tage nach unserer Rückkehr. Unsere Mütter protestierten, wollten ein großes Fest ausrichten, alles bis in Kleinste vorbereiten – aber wir wollten nicht warten, auf keinen Fall; wir hatten schon viel zu lange gewartet …

Unsere Hochzeit war relativ schmucklos, statt eines großen Festschmauses gab es nur ein karges Mahl, doch wir waren glücklich und es war das größte Freudenfest, das Heldos seit seiner Gründung gesehen hatte. Alle freuten sich mit uns und wir wurden zum sprichwörtlichen Liebespaar: *So verliebt wie Mia und Thymios* oder *So glücklich wie die Liebenden von Heldos* hieß es künftig, wenn man die Verbundenheit zweier Menschen ausdrücken wollte.

Mia und ihre Mutter aber … nun, sie waren einst aus Sparta geflohen, weil der Herrscher die schöne Mia für seinen Sohn als Braut wollte, doch er hätte niemals ein einfaches Mädchen für den Thronfolger ausgewählt – Mias Familie war in Sparta von hohem Stand! Und als der einzige Thronfolger, den Minas hervorgebracht hatte, bei der Schlacht vor Tiryns starb, hatte Sparta ein Problem mit der Nachfolge.

Sparta hatte sowieso ein Problem, denn dass die Spartaner geschlagen wurden, traf sie bis ins Mark. So wollten, nein, so konnten sie nicht weiterexistieren. Und so kamen sie auf die einzige Lösung, die ihnen blieb – es war fast schon zwingend logisch, wie ich zugeben muss: Der Rat schickte Boten mit Geschenken nach Heldos und sie baten Mia, den Thron zu besteigen. Ich als ihr Mann würde neuer Herrscher über Sparta und so … wären die Spartaner nie von einem Fremden besiegt worden.

Wir hatten die Wahl zuzulassen, dass jemand anders

die Macht über Sparta in die Finger bekam, oder die Dinge zu ändern und aus Sparta einen Ort zu machen, von dem man nicht mehr fliehen musste. Wir entschieden uns für Letzteres und übernahmen den Thron …

© Riverfield Verlag

Lisa P. Schneider, geboren 2000, ist Schülerin. Schon als Kind liebte sie es, Aufsätze und Kurzgeschichten zu schreiben. Biochemie und Geschichte sind ihre Lieblingsfächer. Ihr Traum ist es, Medizin zu studieren und Ärztin zu werden. »Thymios – Das Herz des Kriegers«, ist ihr Romandebüt. Sie lebt mit ihrer Familie in der Nähe von Basel.

Jan Reiser, geboren 1978, arbeitet als freischaffender Illustrator. Seine zahlreichen Beiträge für die »Süddeutsche Zeitung« erfreuen sich großer Beliebtheit. Zudem unterrichtete er als Privatdozent an der IFOG-Akademie in München. Jan Reiser lebt mit seiner Familie in München.

LOKRIS
DELPHI
ACHAIA
KORINTH
KOR
ELIS
HELDOS
OLYMPIA
ARKADIEN
THIRYNS
TEGEA
PELOPONNE
MESSENE
SPARTA
PYLOS
AMYKLES
LAKON